诺贝尔文学奖作家文集·梅特林克卷

主编／张　谦

花的智慧

[比]莫里斯·梅特林克／著

周国强　谭立德／译

L'Intelligence des fleurs

漓江出版社

·桂林·

图书在版编目（CIP）数据

花的智慧 /（比）莫里斯·梅特林克著；周国强，
谭立德译 . — 桂林：漓江出版社，2023.2（2024.1 重印）
　　（诺贝尔文学奖作家文集 . 梅特林克卷）
　　ISBN 978-7-5407-9370-8

Ⅰ . ①花… Ⅱ . ①莫… ②周… ③谭… Ⅲ . ①散文集
－比利时－现代 Ⅳ . ① I564.65

中国国家版本馆 CIP 数据核字（2023）第 005329 号

HUA DE ZHIHUI
花的智慧

【比】莫里斯·梅特林克　著

周国强　谭立德　译

主　　编　张　谦

出 版 人　刘迪才
责任编辑　张睿智
装帧设计　石绍康
责任监印　黄菲菲

出版发行　漓江出版社有限公司
社　　址　广西桂林市南环路 22 号
邮　　编　541002
发行电话　010-85891290　0773-2582200
邮购热线　0773-2582200
网　　址　www.lijiangbooks.com
微信公众号　lijiangpress

印　　制　香河县闻泰印刷包装有限公司
开　　本　880mm×1230mm　1/32
印　　张　6.25
字　　数　134 千字
版　　次　2023 年 2 月第 1 版
印　　次　2024 年 1 月第 2 次印刷
书　　号　ISBN 978-7-5407-9370-8
定　　价　46.00 元

"诺贝尔"与漓江血脉相连

——"诺贝尔文学奖作家文集"序

张 谦

"诺贝尔文学奖作家文集"从 2015 年 10 月问世，迄今已囊括 24 位诺奖作家作品，出版平装本 4 种、精装本 32 种，在制及储备选题 30 余种，成了读书界一个愈加引发关注的存在，被读者区别于漓江①之前的"老诺""红诺"，亲切地称为"黑诺"②。所以，确实到了一个梳陈、小结我社"诺贝尔文学奖作家文集"出版情况，向大家汇报的时间点。

"诺贝尔"是漓江的基因和脉动，是时光深处的牧歌，是漓江人为之集结的号角。中间我们有过十来年的停顿和涣散，"诺贝尔"不知道去哪儿了，历史的演进回环往复，背阴面的不可理喻，本身就是存在的冰冷逻辑。2012 年我回到社里，开始几年做不了什么事，

---

① 无特殊说明，此文中均指漓江出版社。
② "老诺""红诺""黑诺"，不同阶段漓江版"诺贝尔"系列丛书。"老诺""红诺"均指"获诺贝尔文学奖作家丛书"。"老诺"（精、平装）的装帧设计者是翁文希，奠定了读者心中最早的漓江版"诺贝尔"品牌形象；"红诺"（精、平装）是上海装帧设计家陶雪华的设计，启用烫金元素，与微呈橘红色的封面相映生辉，彰显气派；"黑诺"（主推精装）指"诺贝尔文学奖作家文集"，是我社主力美编、装帧设计家石绍康的设计，内敛雅致，独具匠心，以黑色为主体衬色，烘托出作家肖像的大师气场。

当时的社领导提醒说:"不要搞什么套书,一本一本地做!"所以2015年4月最早出来的加缪《鼠疫》平装本,上面没打丛书名。也是2015年4月,我被接纳为社班子成员,担任副总编辑。2015年10月,第一本落有"诺贝尔文学奖作家文集"(以下简称"作家文集"或"文集")丛书名的图书诞生了,它是加缪《西绪福斯神话——论荒诞》(平装本)。当年年底,刘迪才社长到任,带着上级管理部门"把漓江做大做强"的精神,旗帜鲜明抓主业,抓核心板块和漓江传统优势外国文学品牌。"作家文集"在2016年接续做了两本"加缪卷"平装本《局外人》和《第一人》以后,开足马力做精装。记得问世的第一个精装本,是美国作家辛克莱·路易斯的《大街》,拿到样书的那一刻,直觉告诉我:路子对了。

然而并不是找对了路子就没有繁难,是的,时代变了,市场变了。在对诺贝尔文学奖新晋得主的追捧几成赌局的当下,文学出版即便携资本入场也不够了,成了资本加运气的博弈。此时回过头来再看上个世纪八十年代的漓江,那出版江湖中的一抹清流,乘着改革开放的春风,在中国图书市场所开创的"诺贝尔"蓝海,抓住了稍纵即逝的"窗口期",成就了不可复制的"漓江现象"①。

"书荒"时代进场,带领漓江同仁做"获诺贝尔文学奖作家丛书"的刘硕良前辈,"使得建社不久又偏居一隅的漓江出版社,以有计划和成规模地推出外国文学优秀作品,很快成为全国外国文学方面的出版重镇。这是一段值得人们津津乐道的出版佳话,也是一个

---

① 见李频《改革开放出版史中的"漓江现象"》,我社即将出版的《围观记》序一。

值得大书一笔的出版传奇"①。改革开放伊始，解放思想，实事求是，读者重新经历了思想启蒙，无异于继十九世纪末严复翻译《天演论》以后国人再次"睁眼看世界"，"我们没有失去记忆，我们去寻找生命的湖"②。漓江当时提供给读书界的诺贝尔文学奖读物，重在一人一卷的快捷出场，速成阵容，从小对史、地感兴趣的刘硕良，围绕题中之义，于无形中给读者提供了第一印象的新鲜概念和地图式导览。从 1983 年年中开始推出诺奖丛书头四种——《爱的荒漠》《蒂博一家》《特雷庇姑娘》和《饥饿的石头》③，到二十世纪末，总共出了八十余种。"让中国读者了解到世界上除了巴尔扎克、托尔斯泰、高尔基，还有很多优秀的作家，诺奖作家就是其中很重要的一个组成部分。"④

那是一个百废待兴，连常识都需要重新建构的时代。彼时，压力来自外部，更多以阻力形式呈现。"漓江的开拓并非一帆风顺，诺贝尔丛书的上马就遭到一些大义凛然却并不甚明了真相或为偏见所左右的人士的非议"⑤，但形势比人强，改革开放的大潮激浊扬清，建设的主流压倒了破坏，给各行各业满怀豪情的建设者提供了施展才华的空间。漓江因此而实现了勇立潮头满足读者的需要（而且读

① 见白烨《"围观"与"回望"的意义》，我社即将出版的《围观记》序二。
② 见北岛诗作《走吧》。
③ 其中《爱的荒漠》和稍后出版的《我弥留之际》《玉米人》一起，荣获新闻出版署主办的首届全国优秀外国文学图书奖一等奖。
④ 见《一个闪亮的名字联系一个时代的文学记忆——刘硕良：把诺贝尔介绍给中国》，《新京报》记者张弘采写，2005 年 4 月 5 日《新京报·追寻 80 年代》。
⑤ 见刘硕良《改革开放带来的突破和飞跃——漓江出版社诞生前后》，《广西文史》2008 年第 4 期。

者面很广，工农兵学商^①），并与未来将要实现影响力的成长中的各界精英达成了精神源头的水乳交融和灵魂共振——很多后来成名成家人士，皆谈及上世纪八十年代受过漓江版外国文学图书滋养，有的几度搬家，甚至远涉重洋，至今书架上仍小心珍藏着漓江的老版书。

就这样，我们前有光荣的家史，前辈的激励，后有加入世贸组织后对于头部资源的白热化市场竞夺，有业界同行在经典名优赛道的竞相追逐，想要在其中脱颖而出，确非易事。当初外在的压力，变成了现在内在自我提升的动力：你敢不敢自己跟自己比，有没有勇气和能力对标漓江光辉岁月，提振传统并发扬光大？种种繁难之下，依然得努力往前走，这也便是人生的挑战和乐趣所在。

今年是做"诺贝尔文学奖作家文集"的第八个年头，也是我正式就任漓江总编辑的第一年。九十高龄的刘硕良老师从年初就开始屡屡打电话给我，让我挂名该文集的主编。我一直坚辞不受。"诺贝尔"差不多是漓江的图腾级存在，我只是站在前人的肩膀上继续仰望星空，尽本分做点添砖加瓦的事情，岂敢妄自掠美。即便是当年主编"获诺贝尔文学奖作家丛书"的刘老师，退休以后也就功成身退，不再在漓江版"诺贝尔"上挂主编名。这几乎是中国当下通行的国情。也就是说，"作家文集"出版八年，眼看渐成气候，却没有任何人挂主编名，只是在翻开每本书的卷首，有一页"出版说明"——

---

① 见《"获诺贝尔文学奖作家丛书"读者反映》，刘硕良著《三栖路上云和月——为新闻出版的一生》，漓江出版社，2012 年 9 月 1 版 1 次。

"诺贝尔文学奖作家文集"系我社近年长销经典品种,是对二十世纪八九十年代我社品牌图书、刘硕良主编的"获诺贝尔文学奖作家丛书"的继承与发扬,变之前一人一书阵容为每位作家多卷本。如果说老版"诺贝尔"是启蒙版,那么新版就是深入版,既深入作者的内心,也满足读者的深度需求,看上去是小众趣味,影响的是大众阅读倾向。这就是引领的意义,也是漓江版图书一贯的追求。

　　然而吊诡的是,如果用因退休机制的作用被动不在场的刘老师,来为正在进行时的"作家文集"的无主编状态背书的话,我忽然发现,并不能自圆其说。同时,自己在班子任上八年,如果不依规依制给该文集一个担当和交代,那所有参与这套丛书出版的漓江人,就会变成一个失语的群体,八年来大家的辛苦鏖战,也会失去应有的分量和表达,转瞬消失于历史的虚空当中。于是和刘社长达成共识:丛书是本届班子主持做的,主编由我来挂,即便过些年轮到我也解甲归田,在岗一天就要担当一天,就由我这个亲历者来理一理来龙去脉吧。

　　加缪是一切的开始。无论从作品的分量还是作家的魅力,尤其是在年轻人里的观众缘来考量,作为撬动一套书的支点,加缪都是不二选择。更何况,2015 年我们推出《鼠疫》时,加缪作品刚刚进入公版期没几个年头,真乃天无绝人之路!

我试图通过加缪获得一种视角，这个视角能穿透我所生活的海量信息时代貌似超级强大的无限时空，定位非中心城市的个人存在意义。①

　　这里的"个人"，也喻指在时代的洪流中需要敲破坚冰重新出发的漓江。加缪卷我们出了五种，论品种数是文集中比较丰满的——《鼠疫》《西绪福斯神话——论荒诞》《局外人》《第一人》《卡利古拉》，除了前四种既做了平装，也做了精装，后面品种一心一意只做精装——因为相信在优质精品道路上的勠力追求，一定可以加持图书的可收藏性。《鼠疫》《局外人》《第一人》是存在主义文学大师加缪的小说代表作，而 2018 年 10 月推出的《卡利古拉》，则是文集中比较少见的戏剧品种，它和哲学随笔《西绪福斯神话——论荒诞》一起，使加缪卷作为诺奖作家的小文集，实现了文体多样化方面的鲜明追求。这个追求在福克纳卷上继续得到体现，福克纳卷截至目前一样出了五种，除了国内读者熟知的经典——李文俊译《喧哗与骚动》《我弥留之际》，还补充了国内首译《士兵的报酬》《水泽女神之歌——福克纳早期散文、诗歌与插图》和《寓言》。其他品种数达到四五种体量的，还有路易斯卷、纪德卷、斯坦贝克卷、丘吉尔卷、泰戈尔卷、显克维奇卷。两三种的有黛莱达卷、米斯特拉尔卷、聂鲁达卷、吉勒鲁普卷、梅特林克卷、拉格奎斯特卷、蒲宁卷。由于受限于作家本身的创作规模以及我们发掘的速度，目前尚有普吕多

---

① 　见沙地黑米（本名张谦）新浪博客读书笔记《在隆冬知道》，2015 年 6 月 5 日。

姆、吉卜林、艾略特、保尔·海泽、塞弗尔特、叶芝、拉格洛夫、皮兰德娄、夸西莫多、蒙塔莱等卷只是单一品种的体量。当然，每位作家小文集的规模（品种数）依然是活性的，现状的陈述并不能规定未来的变化，我们的核心思路，是每位作家做三至五种。

由于漓江推出的诺贝尔文学奖获奖作家都是外国作者，所以出版"作家文集"有一个不可避免的环节，就是要找到合适的译者。唯有如此，才能将诺贝尔文学奖作家作品尽量以"信、达、雅"的方式介绍给国内读者。

在译者的选择上，我们注重新老搭配。托前辈的福，漓江拥有的传统译者资源称得上是国内"顶配"。老一辈翻译家令人肃然起敬，他们往往具有很深厚的文学素养和优雅的个人修养，译文水准很高，经得起岁月的沉淀和时间的考验，我们非常珍视与他们的合作。而年轻一辈的翻译家也有优势，他们的语言和思维都能贴合当下读者的习惯，亦多全球化背景下的旅居、旅行，能较多接收并释放当下外国文学和文化的辐射，在对原著文化背景、思想内涵的传达体现上，能有推陈出新的理解。

"作家文集"最先启动的加缪卷，用的就是漓江译者老班底里的李玉民译本。其他像潘庆舲、姚祖培合译辛克莱·路易斯《巴比特》，李文俊译福克纳《我弥留之际》，黄文捷译黛莱达《邪恶之路》，赵振江译米斯特拉尔《柔情》，王逢振译赛珍珠《大地》，杨武能译保尔·海泽《特雷庇姑娘》，都是"老诺"阵容里的保留节目。在"黑诺"里，漓江与这批王牌译家译作再续前缘。此外，"作家文集"还见证了一代翻译家的成长——胡小跃译普吕多姆《枉然的柔情》，裴小龙译叶芝《第二次来临——叶芝诗选编》，分别是"老诺"里普吕多姆《孤独与沉思》和叶芝《丽达与天鹅》的升级版，当年漓江看好的青年翻译家，已然成为译界翘楚，译本也得到更丰富的增补和更成熟的修订。也有老朋友新加入的译本，比如倪培耕原译泰戈尔《饥饿的石头》是"老诺"阵容里的，到了"黑诺"更名为《泡影》，都是泰戈尔短篇小说选；同时"黑诺"再添倪译泰戈尔长篇小说《纠缠》。福克纳卷除了收入李文俊之前在"老诺"就有的代表译作《我弥留之际》，"黑诺"还增加了李译《喧哗与骚动》《押沙龙，押沙龙！》。青年译者的新作有一熙译福克纳《士兵的报酬》，王国平译福克纳《寓言》，远洋译福克纳《水泽女神之歌——福克纳早期散文、诗歌与插图》，顾奎译辛克莱·路易斯《大街》，等等。

也有一部分老译家，其译作的版权流转到其他出版机构去，与"黑诺"失之交臂，或者年深日久几近失联，或者凋零如秋叶片片——时光总有理由分开我们，才显得在一起的机缘实在是难能可贵。

现在年轻人外语好，除了做文学翻译，还有很多更实惠的选择，所以真正像老一辈翻译家那样，把译事当成毕生的事业追求，在这个领域安于寂寞悉心耕耘的并不多，或者说，漓江还没有迎来与这个群体的高频次、大规模相遇。我们现有的中青年译者队伍，一来人数远不够多，二来除了翻译本身，想法会比老一辈多一点——漓江很惭愧，至今没能把这份文化事业做成生财有道、惠及万方的大产业。好在文学哪怕历来就与眼前利益没太大关系，这个世界热爱文学的人也一直层出不穷。之所以在这里把家底摆一摆，也是为了方便下一步遇上有缘人。

译本体例上，"黑诺"尽量做到向"老诺"学习，"每卷均有译序和授奖词、答词、生平年表、著作目录，力求给读者提供一个能真实地反映诺贝尔文学奖及其每一得主风貌的较好版本"[①]。老漓江的优秀传统要保持，有章可循是一种福分。

一个素朴有力的团队，会带来别样高效的支撑感。我们的青年编辑队伍正在老编辑的带领下茁壮成长，他们是漓江的秘密花园，正在蓄能无限，漓江的未来，有他们书写，靠他们传扬。

在这里，必须致敬一下给漓江"老诺"担任过策划编辑和责任编辑的主力核心团队，他们是当年的译文室成员：宋安群、吴裕康、莫雅平、金龙格、沈东子、汪正球。

1995 年，沈东子策划过一套泰戈尔"大师文集"6 卷本，除了后续加入"黑诺"的倪培耕几种译作，亮点是直接去信季羡林先生，取得了授权，收入季译《炉火情》一种。丛书虽然没打"诺贝尔"标签，却开启了做诺奖作家小文集的思路。

1998 年，漓江出了三套诺奖作家小文集。时任总编辑宋安群策划了《赛珍珠作品选集》，向美国哈罗德·奥柏联合会购买了版权，出版了五部小说、一部传记和一本文论。本人担任过其中《东风·西风》和《赛珍珠传》两种图书的责任编辑，还为赛珍珠母亲的故事写过责编手札——

---

① 见刘硕良《新时期有数的宏伟工程——"获诺贝尔文学奖作家丛书"序》。

美好的人和事，因为人们的珍爱而获得自己的历史，在这个意义上说，历史，就是人们对于美的牵挂和担心。时乖命蹇，说变就变，我们珍爱的事物能够留存多久？一旦大限到来，让碎片有了碎片的安息，人心也就有了人心的解脱吗？[①]

吴裕康策划了君特·格拉斯"但泽三部曲"（《铁皮鼓》《猫与鼠》《狗年月》），经德国 Steidl 出版社授权出版。有意思的事情就此发生了：我社在 1998 年 1 月至 1999 年 4 月出完这三种书，1999 年 9 月 30 日，瑞典文学院将诺贝尔文学奖颁给了君特·格拉斯。所谓猜题和押宝都很准的名编辑、大编辑，漓江早年就有现实榜样。

汪正球策划的"川端康成作品"，洋洋大观出了十卷。

以上四种诺奖作家文集，都没打"诺贝尔"标签，装帧设计也各有套路，却都绕不开内在承袭的同一种思路。所以说，在漓江做"诺贝尔"，是有传统的，可追溯的，漓江人血脉里的遗传密码，在不同时期阐发着基因的显隐性。

从 2023 年算起，诺奖作家未进入公版期的尚有 60 多人，这是一片资本角逐的热土，对这个领域作家作品的竞夺，不是漓江的强项。众人还没睡醒的时候，漓江前辈就已经外出狩猎了；现在的漓江人，专注于在家种田——我们无富可炫，有技在身，到手的都不是战利品，而是作品本身，值得像农人看待种子那样，悉心培育，精耕细作，用时间打磨，为每一部好作品寻找好译者、好编辑、好制

---

① 见《我们珍爱的事物能够留存多久》，作者米子（本名张谦），《读书》1998 年第 10 期。

作，直至它找到那个两情相悦的读者。

犹如观潮，漓江现在挤不进前排，索性站远一步，不追刚刚出炉的"当红炸子鸡"——新科获奖者。同时代的读者本来很想读到同时代优秀外国作家的作品，但这有个前提，就是译本要好。而"当红炸子鸡"的临时译本，前有市场期待，后有合同追魂，难得沉下心来从容打磨，多半是急就章似的翻译，反正搭配的也是快餐面似的阅读，说白了就是一场对诺奖新科得主生吞活剥的消费——真正的赢家，既不是作者、译者和读者，也不是编辑，而是商业。当然，在这个领域深耕多年，早有准备的同行是个例外。漓江与所有认真的同行惺惺相惜。

公版书是退潮后海滩上的贝壳，经历过海浪的洗礼、时间的检验，哪些受人欢迎，比较容易感知，可以从容选择。而同时代的作家作品，一时被潮头卷得高高，抛得远远，过了当红的这个时间节点，就被读者抛诸脑后，这样的例子不胜枚举。事实证明，由于作品本身或是翻译的质量问题，有的新科获奖作家作品，确实不如早年诺奖作家作品那么富有感染力。

说到这里，很有必要广为派发一下英雄帖：如果有诺奖作家、优质译者、原著出版社，以及权威版权代理机构听到漓江的声音，认可我们的理念，那么，您好，欢迎加入我们共同的事业！

"作家文集"精装本批量问世以后，我们分别在 2018 年和 2019 年年初的北京图书订货会上，以"执子之手——漓江与'诺贝尔'的不了情"和"'诺贝尔'与漓江血脉相连"两个专题向公众亮相，后者还荣膺该届订货会评出的"优秀文化活动奖"。2018 年 9 月，百道网特为这套书，对我本人进行了专访报道①。

　　成立于 1980 年的漓江出版社，在改革开放的春风里应运而生。建社不久就做"诺贝尔"，诺贝尔文学奖系列丛书，记录着一代又一代漓江人在向我国读者推介世界文学宝藏方面前赴后继、坚忍不拔的努力。"诺贝尔"和漓江人的职场生涯、美好年华紧密生长在一起，是漓江集体记忆中不可分割的一部分；漓江边的中国小城桂林，因为文学，因为诺贝尔，和斯堪的纳维亚半岛上的北欧古国瑞典就此牵连在一起——世间缘分，多么热烈美好，也足够千奇万妙。

　　金秋十月，在给此文收官之际，传来了法国作家安妮·埃尔诺获奖的消息。看来诺贝尔文学奖依旧不改我行我素之风——有多少百炼成钢的陪跑，就有多少新莺出谷的未料。谨以此文向充满无限可能的未来致意！漓江胸怀天下，初心不改，要以海纳百川的宽阔胸襟努力借鉴、吸收并呈现人类一切优秀文明成果。

2022 年 10 月 5 日　桂林

---

① 《曾经强悍的"诺贝尔旋风"影响过莫言、余华等，新一代出版人如何再创阅读高潮？》，百道网，2018 年 9 月 10 日。

[比] 莫里斯 · 梅特林克
（Maurice Maeterlinck，1862—1949）

梅特林克的签名

作家·作品

赞赏他多方面的文学活动，尤其是他的著作具有丰富的想象和诗意的幻想等特色。这些作品有时以童话形式显示出一种深邃的灵感，同时又以一种神妙的手法打动读者的感情，激发读者的想象。

——1911 年诺贝尔文学奖授奖理由

他具有深邃的独创性和非凡的才华，他的写作才能迥异于传统的文学形式，其理想主义的特征达到一种罕见的精神境界，不可思议地拨动我们隐秘而敏感的心弦。

——1911 年诺贝尔文学奖授奖词

他以敏锐生动之笔，把忧愁之眼所见的都写了下来。

——郑振铎《文学大纲》

梅特林克起初开掘神秘的美学可能性，后来想要破解神秘。他超越童年的天主教信仰，探究奇妙事物、思想的传递、欣顿的第四维、埃尔伯费尔德不寻常的马、花的智慧。

——【阿根廷】豪尔赫·路易斯·博尔赫斯《私人藏书》

梅德林克的"晦"，和别人的晦不同，不是由于文字结构上的不明；他的晦是由于他时常觉得他被周围的神秘所压迫。他想用简明的语言给读者一种双重的印象——无穷的远和狭隘的囚居。

——【美】威廉·莱昂·菲尔普斯《梅特林克评传》

目　录

附　录

译　序

周国强

　　莫里斯·梅特林克（1862—1949）是用法语写作的比利时诗人、剧作家、评论家，在继波德莱尔、魏尔伦、兰波之后，由马拉美主导的象征主义文学流派中，他奇峰突起，峻秀逼人，以独到的思维、深刻而执着的追求、新颖而迥异的表现手法，孜孜于笔耕，为我们留下了两部诗集、十七部剧作、十九部散文及若干译作，筑起他在世界文学史上的丰碑。

　　梅特林克于 1862 年 8 月 29 日出生在比利时根特一个比较富裕的家庭里。中学毕业后他遵照父母要求专攻法律，但醉心于文学。1885 年，梅特林克获法学博士学位后，出任见习律师，此间，受象征主义诗人罗登巴赫（1855—1898）和神学家罗斯博洛克（1293—1381）的作品的影响，奠定了他日后创作的基础。

　　1889 年，梅特林克出版了他的第一部诗集《暖房》和第一部剧作《玛莱娜公主》。诗集《暖房》的读者不多，却得到了大诗人阿波里奈尔的赏识。而剧本《玛莱娜公主》在比利时仅仅印了三十册，却引起了马拉美的注意。作为象征派导师的斯泰芬·马拉美把这部剧作推荐给评论家米拉博。1890 年，米拉博在《费加罗报》上对作者和作品大加称颂："一部足以使一个名字流芳百世的杰作……莫里斯·梅特林克先生给我们创作了一部当今最富才华、最异乎寻常，也是最为朴实的作品。就美的角度而言，这部作品堪与莎士比亚最优秀的剧作媲美，而且，我敢说，它甚至比莎士比亚最优秀的剧作更出色……"从此，梅特林克更是信心百倍，同年即发表剧本《盲人》和《不速之客》。时隔两年，又发表被誉为象征主义戏剧经典的《佩莱阿斯和梅丽桑德》，此剧后由克洛德·德彪西改编成歌剧，在巴黎上演，获巨大成功。

这段时期，梅特林克的作品似乎还未能越出当时自称"颓废"的象征派的模式：神秘、忧伤、无可奈何的宿命。

1896 年，梅特林克携爱侣迁居法国，发表第一部散文集《卑微者的财富》和剧作《阿格拉凡和赛莉塞特》，他一扫往日的悲观失望，表现出对美的讴歌、对幸福的希冀和对光明的追求。

从此以后，他的作品既有神秘、朦胧的美，又有理想主义的乐观和积极，在象征主义文学中另辟蹊径，独树一帜。从 1898 年起，他每发表一部作品便万众瞩目，并很快被译成欧洲各国文字，1908年的《青鸟》更是轰动欧洲剧坛。

1911 年，莫里斯·梅特林克获诺贝尔文学奖。瑞典皇家学院授予他这一殊荣的理由是："赞赏他多方面的文学活动，尤其是他的著作具有丰富的想象和诗意的幻想等特色。这些作品有时以童话形式显示出一种深邃的灵感，同时又以一种神妙的手法打动读者的感情，激发读者的想象。"在授奖词中，还称颂他："具有深邃的独创性和非凡的才华，他的写作才能迥异于传统的文学形式，其理想主义的特征达到一种罕见的精神境界，不可思议地拨动我们隐秘而敏感的心弦。"这些恰如其分的评语帮助我们，使我们对作品有进一步的理解。

＊　　＊　　＊

1907 年，梅特林克发表散文集《花的智慧》，这部小书可以说是梅氏全部思想意识、哲学观念的浓缩物。

有人说，翻译就是把一种语言变换成另一种语言。说简单了确实如此。然而，实际上却并不如此简单。翻译一部文学作品，我的做法总是先理解，至少是初步理解作品的内容。然而，在翻译这部《花的智慧》之初，我读了一遍、两遍，硬是难以理解其内涵。无奈之下，我只能"以其昏昏使人昭昭"了。硬译、死译，先把它们译出来再说。加之这部书里长句子很多，让我颇有当年翻译《追忆似水年华》的感觉。

翻译的过程也是理解的过程。确实，翻译对理解大有帮助。然而，这部作品翻译完了有三种情况：第一种最好，译完就明白了里面说些什么。第二种也还可以，译完了重读全文，一遍两遍也就懂了。第三种，译完了读起来还是一头雾水。在这种情况下，我只好从头再译。艰难。初稿便是这样出来的。

初稿出来后，我搁了三个月。这样的东西是拿不出去的。再说，我觉得自己的脑子已经枯竭，修改润色需要精气神，我却筋疲力尽了。我努力忘掉译文，三个月后再看，像看别人的译作那样看，有点吹毛求疵。我对照原文逐字逐句看下来，改下来，我的心也渐渐放了下来。

回想这段时期的翻译理解，我想，之所以难懂，一是因为作品内容涉及之广。读梅特林克的散文令人感到有读十八世纪哲学家们的论著的味道，博学，特别是他对动植物的观察研究之细腻深刻，从昆虫——蜜蜂、白蚁到花花草草，它们的生活、生命表现，到人类；从时光的流逝到世界、人生、命运的认知；从科学的发展到道德观念、社会职责，以至战争、武器；从宗教到哲学、文学等等，往往在一篇短短的论文里出现大幅度的跳跃，令人不暇应接。读者不可有丝毫松懈，一旦忽略某个环节，便跟不上作者的思路了。

不仅如此。作者之所以罗列这种种现象，是为了探索这些现象后面的神秘的联系，探索死亡的奥秘，也就是生命的奥秘。神秘是象征主义的核心。如果说象征主义是现当代文学的第一个流派，那么现当代文学流派所追求的，或者说引以为自身使命的便只有一个东西，那便是寻觅"真实"，他们已经不满足于"现实"了。对于象征主义诗人来说，我们看到的现实都只是象征，是真实的外在表现。重要的是被象征的东西，这种东西是看不见的，是神秘不可测的。

梅特林克明确地提出宇宙万物除了"可见的"，还有重要得多的"不可见的"。这二者之间存在着密切的联系，然而，起决定作用的是后者，后者简直不可知，然而，我们还得苦苦追寻。

《时间的度量》首先对此作出浅显易懂的解释。文中提到了计时的工具，从日晷、沙漏到怀表、腕表、伦敦塔楼上的大钟，这些器械标出了时间行进的步伐，重要的是时间，看不见的时间，不是看得见的钟表。《灾祸》中，出车祸的一刹那，母亲把婴儿抛出去，伟大的母爱啊，她以为虽然自己难逃一死，却可以救出孩子的性命了。岂知冥冥中有什么力量促使母亲没死，孩子却因为头颅撞在尖石头上丧失了生命。

1890 年创作的独幕剧《不速之客》是一部探索生命极端的奥秘的典型制作。临终的病人静静地躺在病床上，亲人们痛苦地围着她，我们只能看到这些。然而，死神已经来到，带着他的大镰刀。气氛沉重、阴森。大家都没有看到死神这位强大的不速之客，只有瞎眼的外公，也许还有花园里的夜莺。象征主义者们探寻的就是这种神秘的不可见的东西，他们的真实。

翻译理解之所以艰难的第二个原因是作者使用了许多长句，有时，一整段就是一句话。这种长句使文笔显得很简练，把许多意思都包容在、浓缩在一个句子里。然而，读者在阅读时只要心有旁骛，便会迷失方向，不知所云，就得从头再来。好在这些长句在语法上却毫不含糊，我们只要把语法关系分析清楚，意思也就清楚了。译者保留了这些长句，是烈酒，还是不要掺水为好。读者不妨多读几遍，韵味便在其中。

就这一点而言，梅特林克影响了一大批欧洲著名作家，普鲁斯特恐怕就是其中之一。

法国文学每至世纪之交便会陷入低谷，这对研究法国文学发展史的人来说倒是方便。十七世纪是戏剧文学，十八世纪是哲理文学，十九世纪是浪漫主义、现实主义、象征主义、自然主义文学。然而，我们因此往往会忽略两个世纪之间的文学现象。实际上处于低谷的世纪之交总会出现一些承前启后的作家。梅特林克承前启后的作用不容忽视。我们因为他的作品称他是象征主义的代表作家，其实，在他的作品中，我们不难看出之前作家们的影子，他几乎采纳了各种创作手法的长处，从而形成自己的特色。在思想意识上，他主张的是远比乔治·桑更彻底的空想社会主义，一方面，他主张有钱人把自己的财富奉献出来，均分给穷苦人，另一方面，他竭力反对使用暴力，这种观点显得又幼稚又可爱。然而，他在创作手法和思想意识上都对后代作家产生了不小的影响。

*　　*　　*

本书《花的智慧》和《花的芬芳》两篇译者为谭立德，其余篇章均为笔者所译。立德是梅特林克专家，上世纪九十年代就主编了梅氏文选。这篇序本该由她来写，可她推诿身体欠佳，令我只好勉为其难。序中许多地方便引自她为那本选集撰写的序言。其实，我们同窗四年，基本招数也就是这些玩意。再者，序无非是抛砖引玉之言，期待着更多专家学者做出更深刻的研究。谨此告白。

识于武昌东湖名居

2012 年 10 月 18 日

花的智慧

花的智慧

一

我在本书中仅仅是想提出诸位植物学家都已稔熟的事实。我并没有什么新发现，我的奉献也微乎其微，可以归结为某些基本的观察。当然，我无意对各种植物向我们提示的有关其智慧的全部证明予以逐一评点。这些证据不胜枚举，绵延不绝，而花卉尤其集中体现了植物一生趋向智慧和精神的努力。

假如人们碰到某些笨拙的或不幸的植物和花卉，那也不足以说明植物和花朵全都缺乏睿智和灵气。所有的花卉都努力履行它们的使命；所有的花卉都雄心勃勃，它们在层出不穷地呈现其生存形态的同时，在大千世界蔓延，占据地盘。为了达到这个目的，按照受土壤制约的法则，它们必须克服比动物繁殖要大得多的困难。因此，大多数花卉都得求助于计谋、手段，设置机关和陷阱。这些技能从机械学、弹道学、航空学、昆虫观察诸方面来看，常常领先于人类的发明和认识。

二

描绘花卉受精的重要系统也许是多余的：如雄蕊和雌蕊的作用，芳香的魅力，和谐的、鲜艳的色彩的诱惑，花蜜的生成等等；花蜜对于花卉毫无用处，仅仅是为了吸引和招惹陌生的客人和爱情的使者，如蜜蜂、熊蜂、苍蝇、蝴蝶、尺蛾，这些使者给花卉送来那静止的、隐秘的远方情人的吻……

这个植物世界在我们看来是如此宁静，如此温顺；在这个世界里，仿佛一切都被承受，一切都寂静无声，俯首帖耳，沉思冥想；其实不然，在那儿，同命运的抗争实在是最激烈、最执着的了。植物最重要的器官——营养器官，它的根，把它同土壤紧密相连。如果说，在我们所肩负的种种重大法则中难以发现那最沉重的法则；那么，对于植物来说，最沉重的法则无疑就是迫使它从生至死，保持静止的那条法则。因此，它比精力分散的我们知道得更加清楚，首先要起来反抗什么。植物的固执的理念所赋有的能量，足以构成一种无与伦比的景象，它从黑暗的根部升起，组成有机体，并在灿烂的花朵中扩张。这种能量充分展示于同样的构思：它走向高处，逃脱了厕身于低处的命运；回避甚至反叛沉重而可悲的法则，自我解脱，打碎狭窄的界域，造就或乞灵于翼瓣，尽可能远地逃遁，突破命运禁锢它的空间，向另一个王国靠近，闯入另一个生气勃勃的、动态的世界……但愿它能进入那个世界；如果我们能够置身于另一种命运赋予我们的时代之外，或者，如果我们能够进入一个摆脱了物质的最沉重的法则的天地，那不是也同样令人惊异吗？我们将看到，花卉为人类树立了坚毅、果敢、恒心和灵气的不可思议的榜样。如果我们借助我们花园里一朵小小的花儿所显示的力量的一半，用来解除压迫我们的形形色色的必然性，比如，痛苦、衰老和死亡，那么，可以相信，我们的境遇将迥然不同于现状。

三

大多数植物具有的这种对行为的要求，对空间的渴望，在花卉和果实身上也同样表现出来。这种要求，在果实身上可以轻而易举地得到说明；不管怎样，它仅仅显示出一种探索，一种并不复杂的深谋远虑。同动物界发生的情况截然相反，由于绝对静止这一可怕的法则，种子的头一号的而且最恶劣的敌人，就是作为父系的根部。那是一个光怪陆离的世界，双亲在那儿无法越雷池一步，它们知道它们已注定要使自己的后代挨饿、窒息。任何一粒掉落在大树或植物根部的种子，都会失去生命力，或者在悲惨的状态中萌芽。因此，需要作出巨大的努力来摆脱桎梏，赢得空间。于是，就有了我们在森林和平原处处可见的令人赞叹的传播、推进和飞行的方式；我们不妨顺便举出其中几个最奇特的例子：槭树的空中螺旋桨，即它的翅果，椴树的苞片，菊科植物、蒲公英和蒜叶婆罗门参的"滑翔机"，大戟属的如爆鸣型弹簧似的杯状花序，喷瓜奇特的会喷吐的梨形果实，靠附于皮毛传播种子的植物的钩状茸毛，以及其他成千上万出乎意料的、令人惊愕的机制，由此可以说，没有一粒种子不是彻底地创造一些属于它自己的手段，以挣逃母亲的阴影。

事实上，如果不稍微进行些植物学的实践活动，人们就无法相信所有这些耗尽了人们想象和才智的、令人赏心悦目的青枝绿叶的草木。请注意一下，举例来说，红海绿那蕴含着种子的漂亮的果穴，凤仙花的五片裂瓣，天竺葵舒展的五粒蒴果等等。一旦有机会，请别忘记仔细观察所有草药商那儿都能找到的罂粟的其貌不扬的头部。这颗大脑袋里装着值得大加称颂的谨慎和先见之明。人们知道，它包含着无数粒非常细小的黑色种子。必须极其敏捷并尽可能远地散播这种种子。如果包含种子的球形蒴果裂开、跌落或从底部打开，那么，这些珍贵的黑色火药在茎根部只能形成一堆毫无用处的废物。这些种子只能通过果壳的最上部开口处撒出。蒴果一旦成熟，便斜倚在花梗上，随着微风"频频仰头"，用地道的播种者的手势，把种子撒播于空间。

我还想来谈谈种子预见到自己将被飞鸟撒播，于是，为了诱惑鸟儿，它们在甜甜的包膜底部蜷缩成一团，例如槲寄生、刺柏、花楸等等。对于这样的现象，存在一种说法，一种功利性的理解，我不大敢坚持这一点，生怕重犯贝尔纳丹·德·圣彼埃尔[①]的错误。然而，事实上没有别的解释。带甜味的包膜对于种子，犹如引诱蜜蜂的花蜜对于花卉都同样毫无用处。鸟儿吃果子，因为果子味道甜美，于是，它把难以消化的种子也同时吞食。鸟儿展翅高飞，它把它吞食进去的种子几乎原封不动地归还，种子挣脱了外壳，远离了出生

---

① 贝尔纳丹·德·圣彼埃尔（1737—1814），法国作家。——译者注

地的危险，准备发芽。

四

但是，我们回过头来看看比较简单的手段。大路旁，您偶然见到一簇植物的时候，便随意采摘一株草；此时，您会发现一种不受束缚、坚持不懈、出乎意料的智力活动。现在有两株可怜的攀缘植物，您散步时曾无数次见到过，因为这种植物比比皆是，甚至在连一撮腐殖土都保留不住的不毛之地都能见到。那就是野生苜蓿的两个品种，就最朴素的字面意义来讲是两种莠草。一种带有红色的花，另一种则是一簇豌豆大小的黄花。看着它们钻进草地，隐蔽起来，人们怎么也不会料到，它们早在锡拉库萨①的杰出的物理学家和几何学家之前，便已发现并试图把阿基米德推进器②的令人震惊的特性不是应用于液体的升高，而是应用于飞行技术。由此，它们让种子构成带有三四道螺旋的轻微的螺线，以极其奇妙的构思计算好减缓它们脱落的速度，这样，借助于风力，它们可以延长空中的飞行。黄色的野苜蓿甚至还改进了红色野苜蓿的装置，螺线的边缘长有双排疏刺，显然有意在行人经过时攀附于衣服，或者钩住路过的动物身上的皮毛。显而易见，它指望能同样享有靠附于皮毛传播种子的植物的好处，也就是说通过借助绵羊、山羊、兔子等撒布种子，同风媒或者说借助风力传粉结合起来。

---

① 意大利西西里岛港口，阿基米德出生于此地。——译者注
② 即通常所说的螺旋输送器。——译者注

在这整个艰苦的过程中，最令人同情的是此种努力的徒劳无益。可怜的红苜蓿和黄苜蓿失算了。它们那令人注目的螺旋器对它们毫无用处。这些螺旋器只能从某个高度，从一棵大树的树冠或一棵高大的禾本科植物上跌落下来时才起作用，但是，因为它们长得与草一般高，因此，刚转四分之三圈，便已碰到了地面。我们于是遇到了一个有趣的、失误的例子，自然界中一个进行摸索、试验和不足为怪的失算的例子。这么说来，要断言大自然永无谬误，就不能对它过于苛求，只能睁一只眼，闭一只眼。

暂且不谈三叶草，这另一种长蝶形花的豆科植物几乎同我们在这儿所关注的其他植物混同起来，不妨来考察一番苜蓿的其他品种，它们并不采用这种飞行装置，而坚持荚果的原始传播方法。在苜蓿的品种之一黄花苜蓿身上，人们显然能领会到螺旋形荚果如何过渡到螺旋推进器。另一个品种蜗牛苜蓿，则把这种螺旋推进器弄成圆球形。看来，我们正目睹一种发明产生效益的动人场面，我们正参与一个命运未定的家族的探索，它正在寻找确保其前途的最佳方法。黄苜蓿对螺旋器感到失望，于是便添生了尖尖的疏刺和钩状茸毛。这不是没有道理的，它暗自思忖，既然自己的叶子招引了羊群，那么羊群不可避免而且理所当然要关心它的后裔，难道不可能是这样的吗？至少，多亏这新的努力和绝妙的念头，带黄花的苜蓿要比它最强壮的亲属——带红花的苜蓿传播得广泛得多，难道不是这样的吗？

五

如果人们好生关注它们这种微不足道的劳作，那么就能发现，不仅种子和花卉，而是整株植物，茎、叶、根都具有一种深思熟虑的、充溢着活力的智慧。请你们回忆一下受到阻碍的树枝如何不遗余力地向着日光伸展，或者濒临险境的树木如何进行机敏而勇敢的斗争。对于我来说，我永远难以忘怀，在普罗旺斯处处散发着堇菜花的芳香，还有荒芜而美妙的勒鲁峡谷里，有一天我亲眼看到的一棵巨大的百年月桂树，它让我看到了英雄主义的典范。在它的奇形怪状的也就是说歪歪扭扭的躯干上，人们很容易看出它那刚毅而艰难的一生的全部遭际。鸟儿或风力——命运的主宰，把种子携带到像金属门帘那样垂直的陡峭的岩石侧翼；于是，树木便在离激流的源头百米处诞生，在灼热而贫瘠的石缝中诞生，茕茕孑立，可望而不可及。在生命的初期，它曾驱遣那些盲目的根须长久而又艰难地寻觅不稳定的水分和腐殖土。但这仅仅是经历过南方干旱的品种的遗传的烦恼。年少的树苗需要解决一个更为严重、更为意外的难题：它从垂直的石板出发，因此，它的枝头无法向高空伸展，而只能向洼地俯冲。因而，虽然树枝的重量不断增加，但应该先让最早生长的枝叶挺立起来，以顽强的努力把张皇失措的树干在岩石底部弯成肘形，就这样——仿佛一个脑袋后仰的游泳者——凭借一种意志，一种张力，一种连续不断的收缩，支撑起沉重的树冠，使之临空傲然屹立。

从此，围绕这生命结便集中了植物的全部牵挂、全部能量和全部自觉的、不受约束的才华。畸形发展所导致的高低起伏的肘拐，逐渐展示出某种思维引发的持续不断的不安，这种思维善于利用雨水和风暴给予的启示。年复一年，枝叶交织形成的穹形树冠越来越沉重了，它一门心思地只想在阳光和高温之中充分发展和壮大，然而，一种隐秘的溃疡病深深地咬啮着在空间支撑它的臂膀。于是，受某种我不知道的本能所驱使，在树木肘拐的上方，二尺①多高的躯干上，长出了两条结结实实的树根，两条长着根毛的绳束，把树干紧系在岩石峭壁上。它们是否果真是被不幸召唤而来？或者，也许它们颇有先见之明，在生命形成的初期，就在等待这危难临头的关键时刻，以便前来大力鼎助？这难道不是一个令人高兴的巧合吗？谁将有幸目睹这些默默无声而对我们渺小的一生又显得过于漫长的演变呢？②

六

在那些由首创精神提供了最鲜明的证据的植物当中，我理当对堪称活跃或敏感的植物进行更详尽的研究。我仅仅提醒注意含羞草——我们大家都熟悉的知羞草——的微妙的惊恐情状。其他具有

---

① 此处指法尺，1法尺相当于325毫米。——译者注
② 我们把这一情形同布兰迪斯（《关于生命和对立性》）给我们引述的另一根部的了不起的默契行为作比较。这一条根在土壤中深入时遇到了一块久已在土里的鞋垫；看来它是其中第一个在前进途中发现了障碍，为了穿越这个障碍，它就按照缝制点所留下的窟窿再细分，然后，穿越了障碍，它把它所有分开的侧根、细根重新聚集一起，并接合起来，以便重新构成一个独特的、同质的中枢。——原注

本能动作的草就更鲜为人知；如岩黄芪族植物，尤其是游移不定的舞草，它以一种令人惊奇的方式摆动。这种小小的豆科植物，原产于孟加拉，但经常移植于我们的温室，由于受到充分的光照，它做着一种连续而又复杂的舞蹈动作。它的叶子分成三片小叶，其中一片宽大的为顶生，另外两片窄叶则长在第一片叶的根部。这三片叶子各自以其特有的、迥然不同的动作而活跃不已。它们生活在一种富有节律的激动之中，一种几乎是精密计时的、持续不断的激动。它们对亮光是如此敏感，以至它们的舞蹈动作，随着云彩把它们凝视的那一角天空遮盖抑或露出而变得缓慢或加速。正如我们所看到的，这才是真正的光度计，远远领先于克鲁克斯①的发明，这是大自然的光压显示仪。

七

但是，这些植物——还应添上茅膏菜、捕蝇草和其他别的植物——可以说是一些超越了区别动植物界线的神经性植物，而那条分界线是神秘莫测，而且多半是想象中的。没有必要提到那样的程度，我们所从事的研究领域的另一极端，在植物勉强区别于湿泥和石块的洼地里，人们发现同样多的智慧和几乎同样多的显而易见的自发性。我听到人们谈论我们只能在显微镜下对之进行研究的神奇的隐花植物族类。因此，尽管蘑菇、蕨，尤其是问荆或"鼠尾巴草"

---

① 克鲁克斯（1832—1919），英国物理学家。——译者注

的孢子活动灵敏，并且表现出无与伦比的创造性，我们也将不去谈这类植物。但是，水栖植物，即栖息在花瓶和原生烂泥里的植物所发生的奇迹就很难说是秘密了。鉴于它们的花儿无法在水下授粉，它们便各自想出了互不雷同的方法，以便使花粉得以在干涸无水的状态下传播。于是，大叶藻属，也就是我们用来制作床垫的海藻，小心翼翼地把它们的花隐藏在一个真正的潜水钟内；睡莲则把花蕾送到池塘的水面上开放，通过一根随着水面的升高而不断增长的花柄向它提供养料，并支撑着它。荇菜没有那种长长的花柄，只得听之任之，任凭花朵像水泡那样升腾、破灭。菱或俗称水栗子（水生菱）的花柄上长有鼓鼓的气囊；花蕾升上水面，开花、授粉完成后，气囊里贮满了比水还重的黏液，然后，整朵花又没入水中，果实将在水中成熟。

狸藻诉诸的方法就更为复杂。正如 H. 博吉庸先生在《植物生活》中所描述的："这些植物通常生于池塘、沟渠、沼泽和含泥灰层的水洼里，冬天，是看不见它们的，它们静静地躺在淤泥上。它们那纤弱、无力而长长的梗茎上长满了分裂成无数丝状体的细长叶子。在这样变了形的叶腋处，人们看到一种梨形的小囊，在它尖尖的顶端有一个开口。这个开口有一个只能由外朝内开启的阀门，边缘长满分叉的毛；囊的内部铺满另一种起分泌作用的短毛使它看上去毛茸茸的。当花期来临时，小小的腋袋储满了空气；空气越是要夺门而出，它就越是把阀门紧紧关闭。归根结底，这气体赋予植物一种特殊的轻盈，把它带往水面。仅仅在那时，可爱的小黄花才粲然盛开，这些小黄花模样仿佛是某些动物的多少有点鼓起的嘴唇那奇形怪状的吻部，其腭部则有一条橘黄色或铁色的条痕。在六、七、八月间，这些花优雅地伸出浑浊的水面，在残枝败叶中显得色彩鲜艳。但是一旦授粉完成，果实开始发育成长，角色也随之起了变化；周围的水便压迫小囊的阀门，渗入进去，很快便深入囊内，花朵不堪重负，只得又沉入淤泥之中。"

　　看到人类某些最富有成效、最新鲜的发明竟集中在这古老得无法追忆的花卉的器官身上，难道不是饶有兴味的事吗？如裂瓣所起的阀门作用，液体和气体的压力，深思熟虑、运用广泛的阿基米德原理。正如我们刚才援引的那位作者所注意到的那样："最先把打捞浮筒系上沉船的工程师很少想到类似的手段已使用了几千年。"在一个我们认为没有意识、没有智慧的天地里，我们起先以为我们凭借最精细的思维便能创造出种种组合和新的关系。仔细研究以后，看来我们很可能根本无法创造出任何东西。迟迟来到这个世界的我们，只是重新发现那些始终存在的事物，我们就像着迷的孩子，重新走上生活早在我们以前铺筑好的道路。再说，这样的情况是合乎情理、令人鼓舞的。但是，关于这一点，我们将回头再谈。

八

　　在结束谈论水栖植物之际，我们不能不简要地提一下这类植物中最富浪漫色彩的生活：苦草或又称鞭子草的传奇式的生活，这一水鳖科植物的婚礼构成了花卉爱情史上最悲惨的插曲。

苦草是一种很不起眼的草，它毫无睡莲或某些海底种缨的奇特的优雅。但是，大自然好像非常乐意赋予它一种绝妙的思维。小小的植物在水底的全部生活，都处于一种半睡眠的状态，直到它渴望新生活而举行婚礼的时候。这时，雌花慢慢地伸展开螺旋形的花柄，然后升起，浮现于池塘的水面，张苞怒放。雄花，透进阳光照耀的池水隐约见到雌花，便从邻近的根部逸出水面，满怀着希望，向在一个神奇的天地里临风摇曳，正在期待着它、召唤着它的雌花靠拢。但是，雄花走到半路，突然感到被制止住了：它的梗——生命的来源——长得太短了；它永远不能达到那光辉的地点，只有在那儿，雄蕊和雌蕊才能得以结合。

自然界是否还存在着更为残酷的疏忽或考验呢？请设想一下这种欲望的悲剧，人们谈论的那些无法理解的事物，显而易见的厄运，虽无明显的障碍，却又难以实现的事儿！……

也许，这同我们自身在尘世间的悲剧一样难以有完满的结局；但是，一个意外的因素在这儿介入了。雄花是否预感到自己的失望？不管怎么说，它是否在心灵深处隐藏着一个气泡？犹如人们的大脑藏有一种解脱绝望的思想。雄花好像犹豫了片刻；然后，为了达到幸福的境界，它费了九牛二虎之力——就我从有关昆虫和花卉的资料中获知，这是最不可思议的力量——它毅然挣断维持生命的联系。雄花的花瓣摆脱开花柄，以一种无与伦比的冲力，带着轻快的水珠，逸出水面。虽然遭到了致命的损伤，但它神采奕奕，悠然自在，在无忧无虑的未婚妻身旁漂浮了一会儿；一旦完成了同雌花的结合，献身者随即凋谢殒命；与此同时，已成为母亲的配偶，闭上它正在其中度过生命最后一息的花冠，卷曲起螺旋形的花柄，重又沉入水底，使那壮烈的爱情之果得以成熟。

敢情该把这样一幅壮观的画面描绘得稍许灰暗些？从投光的角度看来它绝对的正确，而从阴影处注视也同样精确。为什么不呢？有时，在阴暗处的实际情形同明亮处的一样令人感兴趣。这一幕动人的悲剧只有当人们认真考虑其智慧和类似的追求时才显得完美无缺。但是，如果用心观察每个个体，常常会看到它们行动笨拙，而且同这理想的画面大相径庭。时而，雄花伸出水面，而那时附近还没有形成花蕊的雌花；时而，水位的下降使雄花得以轻易地同女伴会聚时，它却是不由自主而又无可奈何的，因为，它仍然无法挣断它的花梗。在此，我们再一次发现，全部才智都存在于人类、生命或自然界；而个体则几乎是愚笨的。在单独的个人身上，存在着两种智慧的真正竞争，存在某种越来越清晰、越来越主动的类似平衡的倾向，而此种平衡状态则是我们的未来的巨大奥秘所在。

九

寄生植物也同样给我们提供了奇特而富有机智的景观，像令人惊奇的菟丝子，俗称"和尚须"。它没有叶子，茎刚长到几厘米时，为了缠绕在它相中的牺牲品身上，它便自愿放弃了根，然后，连它的吸盘也索性附着于寄主。从此，它便一心依靠它的牺牲品而生活。它的敏锐不可能使它上当受骗，它懂得拒绝它不喜欢的任何支柱，并且，如果有必要的话，它甚至会去远处寻找大麻、啤酒花、苜蓿或亚麻的茎梗，这些植物的茎梗适合它的体质和趣味。

菟丝子势必引起了我们对攀缘植物的注意，这些植物具有异乎寻常的习性，对此，不得不略表几句。再说，我们当中曾在乡间多少生活过的人常常惊叹于它们的本能，即爬山虎或牵牛花把卷须引向靠墙安置的耙或锹的把柄的本能。如果把耙挪动一下，第二天，植物的卷须也完全转过身来，重新找到那个耙子。叔本华在他的论著《自然界中的意志》中有一章专门探讨植物生理学，他对这种情形和其他情形的大量观察和试验作了概括，在此予以转述则可能占去过多的篇幅。因而，我请读者自己去阅读，他们会从中发现有关各种原始资料和参考书目的指示。近五六十年来，这些原始资料以不可思议的速度猛增，而且，几乎是取之不尽、用之不竭，难道我还需要再补充说明什么吗？

在形形色色创造、计谋、防范措施中，我们再举出辐射状的翼果苣属作为例子，这种开黄花的纤小的植物，同蒲公英很相像，在里维埃拉海岸①的古老城墙上常常能遇见它。为了保证品种的传播和稳定，它同时拥有两类种子：一种是容易脱落，又长着翅翼，使自己委身于清风的种子，而另一种则是没有翅翼，栖身于花序，只有当花序分解时才能获得自由的种子。

刺苍耳的状况让我们看到，某些传播系统的结构多么严密，效益多么良好。这是一种长着不规则锯齿的令人讨厌的杂草。不久前，

---

① 意大利北部海岸，是景色秀丽的游览胜地。——译者注

它在西欧还鲜为人知，当然，也没有人想到把它引进。它全靠长满蒴果的钩刺才得以成功地传播，因为这些钩刺能抓住动物的皮毛。它原产于俄罗斯，随着从俄罗斯大草原进口的羊毛小包来到此地，人们也许可以从地图上追踪这个占有新世界的伟大迁移者经历的各个阶段。

意大利蝇子草，即人们常常在橄榄树下看到的朴实无华的小白花，则按另一个方向来驱动它的思维。为了躲避惹人讨厌的、粗俗的昆虫的打扰，它外表显得异常胆怯、异常敏感，它的茎上长满了腺毛，渗出一种黏液，寄生虫非常喜欢依附于它，因而，南方的农民便在家中利用这种植物来驱赶苍蝇。一些蝇子草属植物巧妙地简化了防卫系统。由于它们特别害怕苍蝇，它们终于发现，只需在每根茎的节下面长一个黏液环，便可防止苍蝇的骚扰。这种做法正同园丁们在苹果树树干周围涂一圈焦油，制止毛虫爬行的做法不谋而合。

这就引导我们来探索植物的防卫手段。昂利·库潘先生在一部出色的普及读物《古怪的植物》中，对某些这类奇特的武器进行了细致的考察，我请愿意知道更多细节的读者自己去阅读。首先来看一看关于刺的趣闻。索邦大学学生洛特里埃先生曾就此做过一些十分有趣的试验，证实了阴暗和潮湿有助于消除植物的带刺部分。相反，植物生长的地方越是干燥，光照强烈，它便越是挺拔，枝柯越多，好像它懂得，在荒无人烟的岩石或灰质沙土上它几乎是唯一的幸存者，它必须大力增强防卫，来抵制把它作为唯一猎物的敌人。值得注意的是，大多数人类培植的带刺植物都逐渐放弃了它们的武器，尊重那位超自然的保护者的心意，这位保护人把它们收养在自己的园圃里①。

某些植物，其中有紫草科，用异常坚硬的毛替代了刺。其他一些植物，如荨麻，坚硬的毛还含有毒汁。而老鹳草、薄荷、芸香等，为了不让动物近身，便散发出一股强烈的气味。但是，最奇特的是那些无意识地进行自卫的植物。我们举问荆为例，它的茎的四周围绕着一层极其微小的石粒般的东西，仿佛是一种真正的防护装置。此外，几乎所有的禾本科植物，都在自身的纤维组织中饱含了石灰质，其目的是吓退贪食的蛞蝓和蜗牛。

十

在对异花授粉所必需的复杂机制作一番研究之前，在我们园子里仍然在举行的不计其数的婚礼当中，我们来谈谈某些单性花的机敏的思维，这些单性花雌雄同株，在同一花冠里相亲相爱，直至死

---

① 　在那些不再自卫的植物中间，最令人惊叹的事例便是莴苣属。正如上面提到的那位作者所注意到的那样，"在野生状态时，如果折断它的一根梗或一片叶，我们看见有一种白色的汁液出来，一种植物乳液，是由各种不同物质组成的物体，有力地防止植物受到蛞蝓的伤害。相反，在由它派生的人工栽培的种类里，乳液几乎没有；因而，这些植物不再能抵抗，听任自己被蛞蝓吃掉，令园林工人十分痛心"。然而，也许最好补充一下，这种乳液几乎只是在年幼的植物身上缺乏，当莴苣开始"卷心结球"和灌浆时，乳液反而变得非常丰盈。然而，正是在它初生和幼嫩的叶子时期，它也许尤其需要自卫。如果可以这么说的话，好像栽培的植物有点儿吓昏了头，它不再确切地知道自己身在何处。——原注

亡。我们十分了解这种方式的类型：雄蕊①或雄性器官，通常数量较多但很脆弱，排列在强壮而坚韧的雌蕊周围。伟大的林奈②说得好："嫁与娶同样是走向喜气洋洋的洞房。"但是，这些器官的健康状况、形状和习惯因花而异，仿佛大自然没有固定的想法，或者说，自然界具有一种把创新当作荣誉的想象力。花粉成熟时，常常从高处的雄蕊自然而然地掉落在雌蕊上；但是，雄蕊和雌蕊往往是一样的高，或雄蕊离得太远，或雌蕊反比雄蕊高大。这时，它们费尽九牛二虎之力才能相逢。时而，像荨麻一样，雄蕊蹲伏在花冠深处的梗上。授粉时，雄蕊像弹簧一样舒展开来，踞之于高处的花药或花粉囊把一片粉末散落在雌蕊的柱头。时而，像刺檗一样，为了使婚礼能在某个晴天的美好的时刻完成，远离雌蕊的雄蕊在两个水性腺体的重量影响下，固定在花的内壁；在冉冉升起的太阳的照射下液体蒸发，卸下重负的雄蕊猛然投向雌蕊的柱头。在别的场合，又是另一种情形：例如报春花属，雌花时而比雄花大，时而比雄花小；百合、郁金香的雄花则过于细长，它尽一切可能来汇集和固定花粉。但是，最独特、最神奇的方式要数芸香的方式，这是一种相当难闻的药草，属于声誉不佳的通经剂一类。雄蕊在肥硕的雌蕊周围排列成一圈，在黄色的花冠里静静地、温顺地等待着。到了结合的时刻，妻子似

---

① 在这篇可能变成花卉婚姻（我把对此问题的关注留给比我学识更加渊博的人）名录的研究专论的开头部分，提醒读者注意不完善的、令人困惑的术语也许不是无用的，我们在植物学中使用这种术语来表明植物的繁殖器官。在雌性繁殖器官里，雌蕊包含了子房、花柱和覆盖在上面的柱头，一切都具有雄性风格，一切都显得雄壮。反之，雄性繁殖器官，花药置于上面的雄蕊则有着少女的名字。完全地深信这一反义性是必要的。——原注

② 林奈（1707—1778），瑞典博物学家。——译者注

乎发出某种有名无实的召唤，雄蕊听从她的指令，第一根雄蕊靠近并触摸雌蕊的柱头，然后第三根、第五根、第七根，直到所有的单数雄蕊全都委身为止。然后，轮到双数的雄蕊，第二根、第四根、第六根，等等，依次类推。这简直是指令式的爱情。这种会数数的花在我看来是如此的离奇，以致我首先对植物学家难以表示信赖。在这一点得到证实之前，我坚持要不止一次地核实它对数字的感受力。我的观察证明，它很少弄错。

反复列举这样的例子也许做得过分。在田野或树林里随意地散散步，就能观察到同植物学家所引证的同样稀奇的情形。但是，在结束这一章节之前，我要谈谈最后一种花卉；这并非因为它证明了一种非常奇特的想象力，而是由于它表示爱情的有趣而容易被领会的优雅姿态。那就是黑种草，它有着十分迷人的俗称："维纳斯的头发""灌木丛中的魔鬼""披头散发的美人"，等等，民间诗歌竭尽所能，用动人的笔墨描绘一种令人喜爱的小植物。人们在南方，在路旁，在橄榄树下，都能见到这种处于野生状态的植物；而在北方，人们则常常把它种植在颇为老式的花园里。它的花呈淡蓝色，就像一朵原始状态的小花那样朴素无华，至于"维纳斯的头发""披头散发的美人"则是指它杂乱、纤弱的叶子，它的叶子围绕着轻柔翠绿的"荆棘"似的花冠。在花的根部，五根极长的雌蕊紧密地聚集在碧蓝的副花冠中央，就像五位身穿绿裙袍、冷若冰霜、高傲的王后。在雌蕊周围，涌动着一大群毫无希望的恋人——雄蕊，它们无法达到王后们膝部的高度。于是，在这青绿色和天蓝色的宫殿深处，在幸福的夏日里，开始了人们无法预测的、无可奈何的、徒劳无益的、一成不变的期待的戏剧，这出戏默默无言，有始无终。但是，时光在流逝，这日日夜夜就是花卉的年年月月；花儿的流光溢彩渐渐黯然失色，花瓣脱落了，高傲的王后们在生活的重压下似乎也终于垂头丧气。在一个特定的时刻里，王后们仿佛听从了善于判断考验的程度的爱情所发出的隐秘而又不可抗拒的口令，以一种审慎而匀称的动作，犹如五股喷泉落入承水盘时形成的抛物线，协调一致地仰卧着，优雅地在情人们的嘴唇上蘸吸新婚之吻的金粉。

十一

正如人们所看到的，这一领域中的意外情况比比皆是，也许有必要撰写一部有关植物的智慧的大部头书，就像罗马尼斯①撰写的一部有关动物的智慧的著作。但是，这一提纲挈领的作品丝毫不指望成为这方面的教科书；我仅仅想借此引发对某些有趣的事情的关注，这些事就发生在我们的身旁，发生在这个我们洋洋自得地自以为是享有特权的世界里。这些事情并不是特意选定的，而是基于观察和以不同的环境作为范例加以援引的。总之，我想首先通过这些简短的笔记来研究花卉，因为，正是在花卉身上表现出伟大的奇迹。我暂时撇开肉食植物不谈，如茅膏菜、猪笼草、瓶子草等等，这些植物涉及动物界，可能需要更详尽的专门研究，以便我专心致志于探究真正属于花卉的、严格意义上的花，即那些人们认为没有感觉、

---

① 罗马尼斯（1848—1894），英国博物学家。——译者注

没有生命的花。

为了把事实同理论区别开来，在描述花卉时，我们权且把它当作已经按照人类的方式来预见和认识了它所实现的一切。我们以后会看到应该为它保留什么和需要为它修正的东西。现在，它独自站在舞台上，就像一位富有理性和毅力的出众的公主。不可否认，它好像具有这些品性；而要从它身上驱除这些品质，必须诉诸相当含混的托词。因此，它正襟危坐地挺立在花梗上，在光影的帐篷里庇护着植物的繁殖器官。看得出来，在这爱情的帐篷深处，它只希冀雄蕊和雌蕊的结合圆满完成。许多花卉都予以默许。但是，对于许多其他孕有可怕威胁的花卉来说，则产生了一个在正常情况下无法解决的异花授粉的难题。在经过那些难以计数的、古老的试验之后，这些花卉才接受了自花授粉，这是不是意味着，借助把它包裹于同一个花冠中的花药所坠落下来的花粉完成的柱头授粉，会引起种的退化呢？据说它们什么也不接受，也不利用任何试验，现实的力量表现为逐渐淘汰掉因自花授粉而退化的种子和植物。很快，幸存的只是随便哪种反常，例如那些因难以接近花药的雌蕊的过分的长度，而阻止了自我授粉的植物。经历了千百次的波折，只有这些例外幸存了下来，遗传最终确定了偶然造就的结果，而正常的典型则已消失得无影无踪。

十二

我们以后会看到这些解释所阐明的一切。我们暂且返回花园或原野，以便更详细地研究花卉的特性所进行的两三种奇异的创造。我们不用远离这所蜜蜂出没的房子，一位心灵手巧的机械师就居住在这芬芳的花团锦簇之中。没有一个人，即便是极少光顾乡村的人，会不知道美丽的鼠尾草属植物。这是不引人注目的唇形科花；它的花朵朴实无华，像饥饿的嘴那样张开，以便捕捉洒过的阳光。此外，我们发现，它的许多品种都没有采纳我们就要研究的授粉系统，或者没有把授粉系统提高到那样完美的程度，这是有趣的细节。

但是，我并不想在此专谈屡见不鲜的鼠尾草属植物，仿佛为了庆祝春天女神的光临，它此刻正用淡紫色的帷幕覆盖着我那油橄榄木平台的全部墙面。我敢向你们担保，专供国王享用的大理石宫殿里的平台也从来没有比这更豪华、更吉祥、更芬芳的装饰了。当赤日炎炎，或正午时分，人们会以为领受到了阳光本身的芬芳气息……

不妨来谈谈细节，柱头或雌性器官隐藏于上唇瓣，构成类似风帽的某种东西，那儿同样有两片雄蕊或者说雄性器官。这个柱头为了阻止雄蕊授粉给栖息于同一新房的柱头，它的身高竟是雄蕊的两倍，以致雄蕊毫无希望触及它。此外，为了避免任何意外，花卉的雄蕊要比雌蕊成熟得早，因而，当雌花能够受孕时，雄花却已凋谢。为了把外来的花粉运送到被遗弃的柱头上，从而完成结合，就必须有外界力量的介入。某些花卉，如风媒花，便依赖风的关照。但鼠尾草的情况则是最普通的，它是依靠虫的媒介，也就是说，它喜爱昆虫而且只依靠昆虫的合作。此外，它不是不知道——因为它知道许多事情——它生活在一个不宜指望任何同情和任何仁慈的援助的世界。因此，它不会徒劳地去恳求蜜蜂的好意。犹如世上一切同死亡抗争的生物一样，蜜蜂仅仅为了自己，为了它这一种类而生存，绝不会考虑为养育它的花卉效劳。怎样才能不顾它自身的反对，或者至少让它于不知不觉之中，被迫履行自己的夫妻职责呢？且看鼠尾草构想的神奇的爱情陷阱。在它那丝一般淡紫色帷幕的深处，它分泌出几滴花蜜；那就是诱饵。但是，两根平行的同荷兰式吊桥旋转轴相似的花丝赫然屹立，挡住甜蜜液体的出口。每一根丝的顶端有一个大泡，即盛满着花粉的花药；底部，两个小的烧瓶，作为平衡锤。当蜜蜂探身花中采撷花蜜，必须用脑袋推开两个小烧瓶。两根围绕中心线的丝随即摇晃起来，顶端的花药便接触蜜蜂的两侧，并用花粉尘覆盖其全身。

一旦蜜蜂抽身而去，具有弹性的主轴又使机械恢复原状，重做好运作的一切准备，以迎接新的来访。

然而，那仅仅是这出戏的第一幕——随后的部分则在另一场景中展开。邻近的一朵花，其雄蕊刚刚凋谢，期待着花粉的雌蕊上场了。它从风帽似的东西中慢慢地探出身子，随即舒展、倾斜和弯曲起身子；然后又分叉，以便堵住小营帐的进口。蜜蜂的脑袋在悬挂的分叉下畅行无阻地采撷花蜜，但分叉贴近的蜜蜂的背部和侧翼，正是别的雄蕊曾接触过的部位。二分的柱头贪婪地吸收银光闪闪的花粉尘，受孕过程便大功告成。如果把一小截麦秆或火柴杆伸入花儿，便很容易摇动整个器官，并了解它那所有动作的组合和精确性是多么出色和令人感动。

鼠尾草属植物的品种难以悉数，我们可以列举出将近五百种，恕我不向诸位一一提及它们中大多数的学名，这些学名并不总是高雅的：草甸鼠尾草、药用鼠尾草（我们菜园里的）、彩苞鼠尾草、马鞭鼠尾草、胶质鼠尾草、南欧丹参、柏丛鼠尾草、天蓝花、一串红（漂亮的鲜红色鼠尾草在我们的花篮里大放异彩），等等。也许找不到一种种类没改变过我们刚才所研究的机制的某个细节。某些花卉——我想这是一种值得探讨的完善——把雌蕊的长度增加一倍或两倍，这就使雌蕊不仅伸出风帽，而且在花卉的入口处以羽毛的状态充分地弯曲。这样，这些花卉在必要时，便避免了柱头通过同一花冠中的花药受粉的危险。但是，也会出现相反的情况，如果雄蕊先熟现象并不是严格的，蜜蜂离开花朵时，也可能在柱头上留下与花药同居的花粉。另一些花卉，借助摆动运动，使化药得到更多的扩散，从而更准确地击拍蜜蜂的侧翼。最后，还有一些花卉没有能够把它的机制的所有部分配置和协调成功。举例来说，离我种植的一串紫不远处，就在水井旁边的夹竹桃树丛下，我看到一簇簇带淡紫色的白花。人们既未从中发现摆动运动的图谋，也未发现摆动的痕迹。雄蕊和柱头杂乱地充塞着花冠。一切都仿佛取决于偶然，而且凌乱不堪。我毫不怀疑，对于搜集这种唇形科花卉的众多品种的人，有可能重新构建整个经过，并追踪新构想的每个阶段，从我眼前的一串白的原始的紊乱，直到药用鼠尾草的高度完美。还有什么可说呢？这种方式是否仍然适用于对芳香族植物的研究呢？人们是否始终处于调整和试验的阶段，就像岩黄芪族中螺旋输送器那样呢？难道对于自动摆动的优越性人们还没有达成共识吗？也许，一切都不是永恒不变的，也不是预先安排就绪的，因此，人们将在这个我们认为从其机体来看必然是墨守成规的世界中进行探讨和试验。①

十三

　　不管怎样，大多数鼠尾草属的花卉提供了异花授粉这一重大问题的正确答案。但是，正如在人类世界，一种新的发明立刻就被采用、被简化，被一群渺小的、不知疲倦的研究者改进，同样，在人们可称其为"机器"的花卉世界，鼠尾草的专制起了变化，并在许多细节方面奇怪地得以完善。在小树林和欧石南丛生地的荫蔽处，你们肯定曾见到过一种很普通的玄参科植物，马先蒿，它就经受了一些极其巧妙的变化。它的花冠形状与鼠尾草花冠的形状一模一样；柱头和两个花药药室都长在花冠上端。只有柱头上一颗小水珠超越出花冠，而花药则严格地被囚禁于其中。在这丝一般柔滑的帐篷里，两性器官挨得很紧，甚至可以直接接触；然而，由于一种与鼠尾草完全不同的装置，自花授粉是绝对不可能的。实际上，花药形成了两个盛满花粉的囊状物，这两个各自仅有一个出口的花粉囊是并列的，以致使两个出口重合在一起，相互堵塞。在花冠内，它们被两种类似轮齿的东西支撑在构成如弹簧一般的弯曲的茎上。蜜蜂或熊蜂进入花中

---

① 几年来，我在进行一系列有关鼠尾草属植物的杂交的试验，在采取正常的预防措施，以避免任何风和昆虫的影响后，用某种很落后的品种的花粉为某个花卉机制非常完善的品种人工授粉，反之亦然。我的观察还不够多，不能在此提供详细细节。尽管如此，似乎一条一般规律开始脱颖而出，即，品种落后的鼠尾草属植物心甘情愿地接受先进品种的改良，而先进品种的鼠尾草属植物则很少接受落后品种的缺陷。这也许对大自然的进程、习惯、偏爱、它对最佳事物的爱好，有着相当奇特的暗示。但是，由于要花费许多时间用于收集不同的品种，必要的证实和反证等等，这些试验必然是缓慢而漫长的。从中引出最简单的结论也可能会为时过早。——原注

采撷花蜜时，必定要分开这两个轮齿，囊状物便立刻得到释放，涌现出来，猛扑到昆虫背上。

但是，花卉的才华和远见的表现并不止于此。H. 穆勒是第一位全面研究马先蒿那奇妙的机制结构的人。他进行了这样的观察：

"如果雄蕊在保持它们相对位置的同时来击拍昆虫，那么没有一粒花粉会跑出来的，因为，它们的出口被相互堵塞。但是，却有一个既简单又巧妙的办法来战胜困难。花冠的下唇瓣并不是对称的、横向的，而是不规则的、倾斜的，以致一边比另一边高出几毫米。停在上面的熊蜂也只能保持一种倾斜的位置。由此而导致它的脑袋一次次碰到花冠的凸出部。于是，也就接二连三引发雄蕊的启动，一个接着一个来撞击昆虫，畅通的开口把花粉尘撒在昆虫的身上。

"当熊蜂飞到另一朵花时，会不可避免地使它受粉，因为，有一个细节故意遗漏了，那就是熊蜂在把脑袋钻进花冠时，首先遇到的是紧挨着它的柱头，恰好是熊蜂过一会儿因雄蕊的冲击被触及的地方，确切地说，就是熊蜂刚刚离开的那朵花的雄蕊已经触摸过它的地方。"

十四

人们也许可以列举无数这样的例子，每一朵花卉都有自己的思想、自己的体系，以及它取得的于它有用的经验。当我们更贴近地考察它们的小小的创造、各种各样的程序时，不禁会想起那些有趣的工具展览会。在展览会上，人类在机械学方面的才能得到了淋漓尽致的表现。但是，我们的机械学才能仅仅始于昨日；而花卉的机械性能则已运转了几千年。当花卉出现在我们的地球上时，在它的周围，没有任何楷模可以仿效；它必须从它自身来获取这一切。当我们还在使用火棒、弓箭、狼牙链锤的时候，再往近处说，当我们发明滑轮、滑车、复滑车、打桩机的时候，而在不久以前——可以称之为去年——当我们的杰作还只是弹射器、时钟和织布机的时候，鼠尾草属植物已经能够制作旋转轴和精密天平的平衡锤；马先蒿仿佛要做一次科学试验似的，制作了它那密封的烧瓶，并对弹簧的启动和斜面结构进行了加工。再说，将近一个世纪以前，谁也不曾想到螺旋桨的属性，而槭树和椴树一旦生长成树，便懂得利用这种特性。我们什么时候能造出一架像蒲公英那样坚实、那样轻巧、那样灵敏、那样可靠的降落伞或飞机呢？什么时候，我们会寻到把一块脆弱的料子剪裁出像花瓣一样的丝织品的秘诀？什么时候能物色到一个像鹰爪豆那样有力，足以把金色的花粉投射入空间的弹簧？在这部微不足道的研究论著的开头，我曾列举喷瓜或"铁炮瓜"，谁又能告诉我们，它具有奇迹般力量的奥秘所在？你们熟悉喷瓜吗？这是一种朴实的葫芦科植物，在地中海沿岸屡见不鲜。它那肉质果酷似一种小黄瓜，显得生机勃勃，具有一种奇异的活力。人们很少触摸它们，当它成熟的时候，由于一阵痉挛性收缩的作用，它突然脱离花柄，并通过果实脱离时产生的裂口，喷出一束夹带着大量种子的黏液状射流，这股力量是如此巨大，以至能把种子射到离出生的植物四五米远的地方。如果说我们能因一个痉挛动作而掏空自己的五脏六腑，并且把我们的各种器官、脏腑和血液送出离我们的肌肤和骨骼半公里之远的地方去，那么，那个动作也就与上述情况同样的离奇。此外，许多种子掌握弹道学手段，并且善于利用一些我们多少有点陌生的能源。不妨回想一下，比如说，油菜和染料木属连续发出劈劈啪啪的爆裂声；但是，植物大炮的大师之一则是续随子。续随子是适应我们气候的一种大戟科植物，是一种具有装饰性的"杂草"，常常长得比人还高。现在，在我的桌上，一枝续随子浸在一杯水中。它长着三裂片的暗绿色浆果，里面含有种粒。这些浆果中不时有一颗劈啪爆裂开来，种粒便以不可思议的初速射向四处，碰击家具和墙壁。如果其中有一颗种粒打到您的脸上，您会以为被虫子刺了一下，因为这些如大头针一般大小的纤微的种粒有着异乎寻常的穿透力。仔细观察浆果，探究赋予其生气的原动力，您将无法找到这股力量的奥秘所在；它与我们的神经一样是肉眼看不见的。鹰爪豆不仅有荚，而且还长有刺眼的花。也许你们已经注意到这种令人赞赏的植物。这是染料木族中最具有代表性的，它热爱生活，简朴，强壮，任何土壤和任何考验都不会使它气馁。在南方山区，它沿着小径生成一团团高大而浓密的球形灌木，有时高达三米，从五月到六月，绽开华丽的纯金色的花朵，其花香混合有附近常有的忍冬的芬芳，在明媚的阳光下，展现着它们的欢悦，人们唯有在谈及天堂的晶莹露珠，福地的淙淙泉水，幽蓝的岩洞中纯真而透亮的星星……时，才能说明这种欢悦的特性。

这种染料木族植物的花朵，如同所有蝶形花豆科植物，同我们园子里的豌豆花很相像；它那些粘连在一起像战船的船首冲角似的下花瓣把雄蕊和雌蕊紧紧地关闭着。只要它没有成熟，时时前来探察它的蜜蜂便会发现它是难以穿透的。但是，被束缚的未婚夫一旦迎来青春期，在停落的昆虫的体重压力下，"船首冲角"便夺拉下来，金色的花粉室欢畅地爆裂，竭尽全力向远处喷发出一片金灿灿的粉末，撒落在来访者和邻近的花卉上，一片用作风障的宽大花瓣小心翼翼地俯身弯向受粉的柱头。

十五

有意进一步研究所有这些问题的人，我建议他们去阅读克里斯蒂安－康拉德·斯普兰盖尔的作品。作为一位先驱者，他自1793年便在他那有趣的著作《大自然中被发现的秘密》中，分析了兰科植物的不同器官的功能；然后，他埋头于研究查尔斯·达尔文、H.穆勒·德·利普斯泰德博士、希尔德勃朗特、意大利人戴尔比诺、霍克、罗伯特·布朗和其他人撰写的许多专著。

正是在兰科植物中，我们会看到植物智慧的最完美、最和谐的表现。植物的才华在这些形态不规则的、稀奇古怪的花卉身上达到了极致，并且以奇特的热情来突破那一层区别动植物王国的板壁。此外，兰科这一名词不应该使我们困惑，我们也不应该以为这儿只涉及一些稀有的、珍贵的花卉，与其说这些温室的王后似乎需要珠宝商的关注，不如说，它们更需要园丁的照料。我们的不正规的土著植物志囊括了所有貌不惊人的"杂草"，统计出二十五种兰科植物，其中有最灵巧、最复杂的兰科植物。它们正是查尔斯·达尔文曾在他的《论兰科植物由昆虫完成的授粉》一书中研究的对象，这部书是记叙花卉生命的英雄行为的历史。在此，用少许笔墨概括一下这部内容丰富、奇妙的传记将不会是多余的。然而，既然我们要探究花卉的智慧，那么，把这种花卉的行为和智力习惯充分地示之于众便是必要的，因为，就迫使蜜蜂或蝴蝶在规定的形式和时间中按照它所希望的那样运作的技巧而言，它胜过所有的花卉。

十六

没有插图而要让人明白兰科植物的异常复杂的机制并非易事；然而，我将借助于多少近似比较的方法，努力提供令人满意的看法，同时尽可能避免运用专门术语，诸如着粉腺、唇瓣、蕊喙、花粉块等，这些术语对不熟悉植物学的人，不能构成明确的形象。

我们来看一下我们这儿最普遍的一种兰科植物，比如斑叶红门兰，或者不如说，掌裂兰，它比较硕大，因此比较容易观察，它又称宽叶红门兰，俗称"圣灵花"。这是一种多年生植物，高达三十至六十厘米。在树林和潮湿的草原比较常见，有聚伞圆锥花序，花小呈暗玫瑰色，五、六月间盛开。

兰科植物中典型的花卉令人想起中国龙那张开的神奇的嘴。它的长长的下唇耷拉着，形如锯齿状的或有缺刻的护板，供昆虫用作落脚点或临时祭坛。上唇呈圆形，形如风帽以遮蔽其主要器官；然而，在花卉的背部，花柄的旁边，一种花距或长尖角的东西低垂，把花蜜蕴含其中。大多数花卉的柱头或雌性器官，都是一个多少有些黏性的小花冠，在脆弱的花茎上，耐心地等待花粉的光临。而在兰科植物中，这种传统的装置却变得难以辨认。在口腔的深处，喉部的小舌的位置上，有两个粘连在一起的柱头，上方耸立着已变为一种奇特器官的第三个柱头。这个柱头顶端有着某种类似小口袋，或者准确地说，类似浅口盆子的东西，人们称之为蕊喙。这浅口盆盛满一种黏液，浸泡着长着两根短柄的两个小球，短茎上方承受着一个仔细捆绑的花粉粒包。

现在我们来考察一下昆虫闯进花卉时发生的情景。昆虫停落在展开着迎候它的下唇瓣上，受花蜜芳香的吸引，它力图深入到底部，触及含有花蜜的圆锥形容器。但是，那条通道却故意变得十分狭窄，昆虫在前进时脑袋势必会撞到浅口盆。那个不堪一击的浅口盆立刻顺着一条合适的线条裂开，暴露出抹有黏液的小球。小球随即同来访昆虫的脑袋接触，并牢牢地黏附在上面。结果，当昆虫离开花卉时，便把两个小球，连同两根支撑小球的柄及其顶端的花粉包统统带走。于是，昆虫头上戴上了两只直角头饰，形状就像两只香槟酒瓶。昆虫成为无意识地完成了一件困难作品的工匠。它又去拜访邻近的另一朵花。如果它的角依然十分坚硬，那么这两只角只是用自己携带的花粉包去拍打底部浸在另一朵花的十分警觉的浅口盆里的花粉包，而这互相掺和了的花粉不会发生任何意外事情。兰科植物在此显露了自己的才华、经验和远见。兰花精确地计算出昆虫吮吸花蜜然后再飞往另一朵花所需的时间，发现昆虫完成这样的飞行平均需要三十秒钟。我们看到花粉包由两根附着黏性小球的短柄携带；然而，每根短柄下端的附着部分都有一个小小的膜性圆盘，其唯一的功能便是到第三十秒时收缩短柄，并折叠起来，使它们弯成九十度的弧度。这是又一次计算的结果，不过，不是时间的，而是空间的计算。两只戴在婚姻使者头上的花粉角，现在已成水平方向，顶端指向前方，因此，当昆虫探入邻近另一朵花时，两只角便准确地撞上那两个伸出浅口盆之外粘连在一起的柱头。

这还不是全部过程，兰科植物的才华还不在于它的先见之明。柱头受到花粉包的撞击，便搽满了一种黏性物。如果说，这种黏性物与浅口盆所包含的东西一样具有黏着力，那么，花粉包、折断了的短柄便落入圈套，全部被固定在那儿，于是，它们的使命也就完成了。事情不应到此为止；重要的是，不要在仅仅一次冒险中，耗尽花粉成功的可能性，而是要尽可能地增加成功的机会。善于计算时间和选取线路的花卉还是一位化学家，它分泌出两种胶质，一种黏性极强，而且一旦接触空气，立刻硬化，这种胶质可把花粉角黏附于昆虫脑袋；另一种胶质的黏性却大大冲淡了，很适合于柱头的操作。为了解开或稍微弄乱一下包裹着花粉粒的纤细而富有弹性的细丝，这后一种胶质的黏性倒是恰到好处。有些花粉粒粘在上面，但花粉块并没有被毁坏；当昆虫去拜访别的花儿时，它将几乎毫不停歇地继续它的授粉劳作。

我是否陈述了全部的奇迹呢？不，还应该提请大家注意许多被忽略的细节，其中就有关于那小小的浅口盆的活动，当它的薄膜破裂，未遮盖黏性的小球时，它立刻竖起下缘，以便使昆虫尚未携走的花粉包在黏液中保持良好状态。也许，还有必要注意到在昆虫头上花粉柄非常奇特地组合好的辐散，这如同所有植物共有的某些化学性能一样，因为，加斯东·博尼埃的最新试验似乎证实了，每朵花卉为了维持其品种的完整性，便分泌出一种毒素来抵消或灭绝所有外来的花粉。这大致就是我们看到的全部情形；不过，在这儿，正像其他事物一样，真正而伟大的奇迹开始于我们的目光注视的地方。

十七

我刚才在橄榄园的荒芜的一角发现一株散发着山羊味的蜥蜴兰，我不知道什么缘故达尔文并未对这一品种加以研究，也许它在英国实属罕见。这确实是本地所有兰科植物中最值得注意、最神奇、最令人惊异的了。如果它具有美洲兰花那样的高度，人们也许会断言，再没有比这更虚幻的植物了。您不妨想象一下，这是一个类似风信子的聚伞圆锥花序，但略微高些。花序上有对称的、显得咄咄逼人的三角形花，花呈浅绿色，点缀着淡紫色。花瓣的下缘与生俱来便有青铜色的种阜，墨洛温王朝式的须毛、不祥的浅紫色淋巴结物，这花瓣令人难以置信地肆意伸长，变成一条螺旋带的样子，颜色就像在河水中泡了一个月之久的溺死者。这种令人联想到不治之症的花卉，仿佛盛开于那些人们不清楚的、充满讽刺的幻象和魔法的地方，它浑身散发出一股十分强烈而又难闻的山羊臭味，臭味传得老远，宣告这种"怪花"的存在。我提请大家注意，我之所以这样来描绘此种令人厌恶的兰科植物，是因为它在法国相当普遍，人们很容易认出它，而且，鉴于它的个儿及其器官的清晰度，它非常适合人们想要进行的各种试验。事实上，只要把一根火柴杆的尖儿探入花中，小心地推进，深至蜜腺，便可用肉眼看到接踵而来的授粉的所有细枝末节。蕊喙被火柴棒经过时轻轻触碰，便垂了下来，暴露出负有两根花粉块柄的小小黏性圆盘。这个圆盘立刻用力攥住火柴杆头，两个含有花粉团的药室便纵向绽开，火柴杆一旦抽回，它的一端便被牢牢地戴上两只分离的硬角，角的顶端长着金色的球。可惜，这儿不能像掌裂兰的试验那样一饱眼福，但人们仍可看到，两只角明确而渐进地倾斜的情景。那么，为什么这两只角一点儿也不下垂呢？只要把那根佩戴头饰的火柴杆推入另一朵花的蜜腺中去，就可以证实这个动作是毫无用处的，它的花朵比斑叶红门兰或掌裂兰的花朵大，当负载花粉块的昆虫进入妥善安排的花蜜角时，这些花粉块便准确地到达与柱头同样高的水平线，现在，重要的是使柱头受孕。

为了使试验成功，我们还要考虑到，必须选择一朵成熟的花。我们并不知道它什么时候成熟，但昆虫和花卉明白这一点，因为花卉只有在它的器官做好运行准备时才分泌花蜜，邀请它所需要的客人。

十八

以上是本地兰科植物采用的授粉方式。但是，它的每一种、每一科都按照自身的经验、心理和独特的利益来改变、完善其授粉方式的各个细节。例如兰科植物中最聪明的一种，倒距兰，它的下唇瓣上长着两个小冠，引导昆虫的吻管伸向蜜腺，迫使吻管准确地完成它期待的一切工作。达尔文十分正确地把这灵巧的附件比作人们有时用来引线穿针的工具。还有其他很有趣的改进：两只带有花粉块柄的、浸泡在浅口盆里的小球，被独一无二的黏性圆盘代替，形成马鞍状。如果有人把一根尖针或猪鬃顺着昆虫的吻管必须经过的道路伸入花儿，就会非常清楚地观察到这种更为简单而实用的装置的优越性。猪鬃刚一擦过浅口盆，浅口盆便按一条对称线断裂，露出马鞍形的圆盘，立即扣住猪鬃。你迅速地抽出这根猪鬃，正巧可以发现"马鞍"那美妙的动作：它坐在猪鬃（或针）上，收起它下方的两个侧翼，以便紧紧地缠绕住支撑住它的东西。这个动作的目的就是加固"马鞍"的黏性，尤其是要比宽叶红门兰更严格地确保花粉块柄的辐散。一旦"马鞍"环抱住猪鬃，固定在上面的花粉块柄被随之带动，不可避免地分离开，于是，向猪鬃一端倾斜的花粉块柄开始第二个动作，其方式与我们上文研究的兰科植物相同。这两个连接动作的完成需要三十至三十四秒钟。

十九

　　人类的创造发明不正是这样借助一些微不足道的事物，借助重复和不断的修正而获得进步的吗？在当代机械工业中，我们都注意到点火装置、汽化器、离合器、变速器的微小而不断的改善。而花卉萌生的思维方式好像同我们确实是一致的。它们在同样的黑暗中摸索，遇到同样的障碍、同样的陷阱，陷于同样的未知数。它们熟知同样的规律，体验同样的失望和来得迟缓而艰难的胜利。它们仿佛具有同我们一样的耐心、毅力和自尊，它们具有同样细腻而多彩的智慧，怀有几乎同样的希望和理想。它们同我们一样跟一股强大的惰性力量作斗争，这股力量归根结底却是有益于它们的。它们富有创造性的想象力，不仅运用同样谨慎细致的方法，按照同样耗费精力、狭窄而又扭曲的路子进行思索，而且也会产生意外的跳跃，这种思想的跳跃把本来尚不明晰的新发现瞬息间确定下来。如同兰科植物中一个"大发明家"家族一样，这是一种奇特而绚丽多姿的美洲种，属瓢唇兰亚族，它在果敢的思想驱使下，毅然打乱某些它认为过于原始的习惯。首先，性的区别是绝不含糊的，各个性别都有其独特的花卉。其次，花粉块，或者说，花粉团、花粉包，不再把它的柄浸泡在盛满流胶的盆里，显得有些呆滞、缺乏主动性地等待机遇，以便把柄固定于昆虫的脑袋。花粉块在药室里折叠成有力的弹簧。没有任何特殊的东西能把昆虫吸引到药室来。况且，漂亮的瓢唇兰亚族如同普通兰科植物一样，并不依赖来访者这种或那种动作；你尽可以认为这是有条理的、准确的动作，但这终究是偶然的。不，昆虫不再仅仅是闯入具有令人赞赏的机械装备的花卉，而且是闯入充满活力的、按字面意义来说富于灵敏的感觉的花卉。昆虫刚停落在那赤褐色丝一般美丽的踏板上，它不可避免会碰到的、长长的、神经过敏的"天线"，便会对整个"结构"发出警报。于是，在由一个黏性圆盘支撑的、成折叠形的花柄上，严格约束花粉块的药室立刻破裂，一分为二。花柄突然轻快起来，就像弹簧一样松开，它携带的两块花粉块和黏性圆盘被用力地弹射出去。经过一番有趣的弹道学计算之后，圆盘始终被抛在前面，去敲打昆虫，并粘住它。昆虫被撞得昏头昏脑，只想尽快逃离这咄咄逼人的花冠，躲到邻近的花朵里去，而这正中瓢唇兰亚族的下怀。

二十

　　我是否还要提请大家注意另一种外来的兰科植物，即杓兰对总体构造所作的奇特而又实用的简化？我们总是追忆人类的种种创造发明；我们这儿却拥有一个有趣的反证。一天，在车间里，一名装配工，在实验室里，一名助手，一名学生，对老板或指导教师说："我们试试把这一切都反过来做怎么样？假如我们把动作按反方向做呢？假如我们颠倒液体混合的顺序呢？"人们做试验，而出乎意料的结果突然得自于未知的事物。人们也许乐意相信，所有的杓兰都有着不谋而合的意图。我们认识所有的杓兰（俗称"维纳斯的木鞋"）；它长着长而尖的翘下巴，显得恶狠狠、怒气冲冲的样子，这是我们温室里最有特色的花儿，不妨说，这是典型的兰花。杓兰大胆地摒弃复杂而灵敏的装置：富有弹性的花粉块，分叉的花粉块柄，黏性的圆盘，灵巧的流胶等。它那木鞋状的下巴和盾牌形的、不结果实的花药挡住入口，以强迫昆虫的吻管经过两堆小小的花粉。但这还不是事情的重要方面；出乎意料而又异乎寻常的是，同我们曾经在其他所有品种的兰科植物中获得的证明相反，柱头、雌性器官不再是黏性的，花粉本身才是黏性的，花粉粒不是粉末状的，而被覆盖上一层如此黏糊的分泌物，以致无法把它拉长成细丝。那么，这一新颖的构造又有什么利弊呢？需要担心的是，被昆虫运送的花粉附着在柱头以外的任何物体上，但是，柱头不必分泌旨在排除一切外来花粉的液体。不管怎样，这个问题需要予以专门的研究。同样，还有一些人们难以立即理解其功用的特殊发明。

二十一

在结束有关这一奇特的兰科植物的描述之前，我们还需要就一个辅助器官——蜜腺说上几句，它启动整个机械装置。此外，就品种的才能来说，蜜腺曾是各种研究、尝试、探索的对象，这些探索和尝试，同不断改变主要器官结构的探索和尝试一样富于才智和丰富多彩。

我们已经看到，蜜腺基本上是某种类似花距的东西，就像在花卉深处，花柱基部旁边敞开的长长的尖角，或多或少作为花冠的平衡力量。它含有一种甜汁，即蝴蝶、鞘翅目和其他昆虫食用的花蜜，蜜蜂食之并使之变成蜂蜜。

因此，蜜腺肩负着吸引那些必不可少的客人的重任。它迎合它们的身材、习惯和胃口，它总是作为准备，以至昆虫一旦闯入，便只有遵照花卉的有机规律，乖乖地逐一完成规定的礼仪，然后才能抽回吻管。

我们已经充分认识兰科植物的神奇特性及其想象力，因为器官越是灵活，便越具有适应性；我们在这儿，在别处，甚至可以说在别处更能发现它们的创造性、注重实际、察颜观色和拘泥细节的精神获得淋漓尽致的发挥。例如其中一种叫毛柱隔距兰的，无力造出能够较快硬化的黏液，以便把花粉块粘在昆虫头上，便致力于尽可能地延长来访昆虫的吻管在通向花蜜那条狭道上耽搁的时间，从而转移了困难。花卉布下的此种迷宫是如此复杂，达尔文的那位机灵的插图画家鲍尔不得不认输，放弃绘制它的打算。

从一切简化皆是改进之举这一绝妙原则出发，一些花卉果断地取消蜜距，它们用一些肉质、多汁、奇形怪状的瘿瘤来代替蜜距，让昆虫咬啮。是否需要再补充说一下，这些瘿瘤随时做好准备，以至来大饱口福的客人必定得开动花粉的全部机器呢？

二十二

但是，不必在各种各样、名目繁多的小计谋上花费太多时间，我们以对吊桶兰的诱饵的研究来结束这些神话般的故事。事实上，我们并不确切知道，我们究竟在同哪种生物打交道。令人惊愕的兰科植物曾这样设想：下唇或唇瓣构成一只大水斗状，一些几乎是纯净的、由上方的两个角分泌出来的水滴掉落在水斗里，水斗丰满时，水便通过一条沟从另一边流出。这整个水利设备非常引人注目；但是，由此就开始了组合中令人担忧的，我甚至认为几乎可说是可怕的方面。角分泌出来的，然后堆积在缎子般圆盘内的液体，并不是花蜜，而且根本不是用来吸引昆虫的；从奇特的花卉所具有的名符其实的狡猾手段来看，它还有一项更为棘手的使命。天真的昆虫受到我们刚才谈到的肉质瘿瘤散发出的甜蜜芬芳的邀请，却落入陷阱。这些瘿瘤长在水斗的上方，两侧有洞作为入口，像一个房间。来访的大蜜蜂——个儿挺大的花卉几乎只引诱最笨拙的膜翅目昆虫，仿佛其他昆虫感到钻进如此宽敞而富丽堂皇的客厅里是件令人羞愧的事——开始大嚼美味可口的种阜。如果蜜蜂是单独的，那么饱餐一顿之后，它就静悄悄地飞走了，甚至碰都不碰一下盛满水的水斗、柱头和花粉；那么，一切都未像期望的那样发生。不过，聪明的兰科植物则留意到它周围动荡不安的生活。它晓得蜜蜂是一大群忙忙碌碌、贪得无厌的家伙，它们成群结伙地在阳光明媚的时刻飞出来，只要芳香犹如轻吻微微拂过花朵开口处，便足以引诱它们一群群赶来参加在新婚的帐篷里准备就绪的盛宴。于是，甜甜的花室里就有两三个采蜜的；空间是狭窄的，内壁是滑溜的，客人则是粗鲁的。蜜蜂们你推我搡，挤成一团，因此，它们总有一个坠落到正在凶险的美餐下等候着的水斗里。坠落下去的蜜蜂在水斗里得到一次意外的沐浴，它尽责地把美丽的半透明翅翼浸泡在水中，然而，尽管它费尽心机，也无法再展翅高飞了。诡谲的花卉正在那儿监视着。要走出那神奇的水斗，只有一个出口，那就是蓄水量过多而向外倾斜的水沟。这条水沟的宽度足以给昆虫提供一条过道，昆虫的背首先接触到柱头黏性的表面，然后，再触及正沿着柱头穹顶在等待它的黏性的如淋巴结似的花粉块。这样，昆虫携带着黏性的花粉逃脱了，飞到邻近的另一朵花卉去，重又经历用餐、拥挤、坠落、沐浴和逃脱这一幕幕戏，不可避免地让携带着的花粉与渴求的柱头接触。

这就是一种熟悉并善于利用昆虫激情的花卉。人们不会认为这一切只不过是多少染上传奇故事色彩的阐述；不，列举的事实来自于精确而科学的观察，用另一种方式来解释花卉各种器官的用途和禀性，是全然不可能的。应该接受明摆的事情。这种难以置信而又卓有成效的计谋，更使人惊讶不已；它并不试图满足此时立即产生的迫不及待的饮食需求，最迟钝的智力也会因这种需求变得敏锐起来；它眼下只有一个遥远的理想：种的传播。

但是，为什么人们会说这些神奇的复杂装置只能导致风险的增加呢？我们不必急于作出判断和回答。我们对植物的理性一无所知。我们了解植物在逻辑和简单化方面遇到的障碍吗？我们了解它的生存和成长的唯一的有机规律吗？某个人从金星或火星上瞧见我们尽心竭力要赢得空间，他同样会思忖：给双臂装上一对翅膀模仿鸟儿飞翔，事情是如此的简单，为什么还会有这些丑陋、奇形怪状的装置，还会有这些气球、飞机和降落伞呢？

二十三

人们出于幼稚的虚荣心，用相沿很久的成见去反对这些智慧的证明；是的，花卉创造了奇迹，但是，这些奇迹又是永恒不变的。每个品种，每个类别，都各有自己的体系，而且代代相传，毫无明显的改进。可以肯定，自从我们观察花卉以来，也就是说五十年左右以来，我们并没有发现吊桶兰或瓢唇兰亚族改善它们设的陷阱；这一切都是我们能够予以确认的，这的确也是不足之处。我们是否仅仅做了最基础的试验？一个世纪以后，我们那令人惊异的爱沐浴的兰科植物生长在另一个迥然不同的环境，处于奇特的昆虫之中，我们是否知道，它们绵延不绝的后代会做些什么？此外，我们冠以种类、类别、品种的名称，最终会使我们自己搞错，我们就这样创造出我们认为固定不变的、想象的典型，然而，这些典型很可能只是根据变化迟缓的情况，继续缓慢地改变其器官的同一种花卉的代表。

花卉先于昆虫来到我们这块土地，因而，当昆虫出现时，花卉便不得不以崭新的构造来适应这位意外造访的合作伙伴的特性。在我们一无所知的一切事物中，仅仅这一严格来说无可置疑的事实便足以证实什么是进化。归根结底，进化这一含义有些模糊的词语，不正意味着适应、变化和智力的发展吗？

此外，即使不去诉诸这些史前发生的事情，收集大量可资证明的事实也许并不困难，这些事实可证实：适应和发展智慧的能力并不仅仅属于人类。无须重读我曾就这一主题在《蜜蜂的生活》中详细阐述的章节，我只简单地再提及二三个在那儿引证过的细节。比如说，蜜蜂创造了蜂窝。在野生的原始状态，在它们的出生地，蜜蜂是在露天劳作的。由于我们北方型的气候变化不定，而且又偏寒冷，迫使蜜蜂在岩洞或树洞里寻找隐藏的场所。这一天才的想法，使过去围着蜂巢一动不动，以保持巢内必要热量的成千上万的蜜蜂，得以去采蜜和照料"蜂儿"。在异常暖和的夏天里，蜜蜂重又回复它们祖先生活在热带时的习俗，这种情形并不罕见，尤其是在南方。①

---

① 当 E.L. 布维埃先生在科学院做了关于两个筑巢法的学术报告（见 1906 年 5 月 7 日会议记录）时，我刚写下这几行文字；这两个筑巢法是在巴黎野外观察到的，一个在一棵槐树上，另一个是在欧洲七叶树上。在欧洲七叶树上的巢悬挂在一根具有两根相近分支的细小树枝上，由于其明而显得聪明的对特别困难的处境的适应而尤为令人注目。

"蜜蜂（我引述帕尔维耶先生于 1906 年 5 月 31 日发表在《论坛》的'科学评论'上的概论）建立稳固的支柱，并依靠真正非凡的保护技巧，最终把一对欧洲七叶树的分支变为一个坚固的顶棚。无疑，一个机敏的人也不会做得更好。

"为了避雨，蜜蜂安装了围墙、加厚装置和遮雨帘。只有在近看今天在自然科学博物馆里的两个筑巢的建筑结构时，我们才能对蜜蜂的完美的技艺作出评价。"——原注另一件事实：欧洲黑蜂被转移到澳大利亚或加利福尼亚后，便完全改变了它的习性。从第二年或第三年起，它发现那儿常年是夏天，花卉又从不匮乏，它日复一日地生活，满足于采集日常必须消耗的蜜和花粉，于是，它最新的、认真的观察，战胜了代代相传的经验，它不再储备食物。布克纳以同样的思路提出一个观点，同样证明对环境的适应，并不是缓慢的、长期的、无意识的和不可避免的，而是立即的、有意识的：在拉丁美洲的巴巴多斯，蜜蜂整年都能在石油和糖的提炼厂中心找到大量的糖类，它们完全不用去拜访花卉了。

最后，请回忆一下蜜蜂曾有趣地否定了两位英国昆虫学家克比和斯潘思的观点。"只要有人向我们证明哪怕这样一种情况，"两位学者说，"蜜蜂因形势所迫，便想用黏土或灰浆来代替蜂蜡和蜂胶，那么，我们就承认蜜蜂有能力进行思考。"

他们刚刚表达了这个相当专横的愿望，就有一位博物学家安德烈·克奈特把一种蜡和松脂调成的混合物涂在树皮上，他观察到他养的蜂全都不再打算去收集蜂胶，而且只利用这种现成配制的、没有尝试过的新养料，在它们住处周围，这种养料比比皆是。此外，在养蜂实践中，一旦缺乏花粉，只需供给它们几撮面粉，以便使它们立即懂得，虽然滋味、气味和颜色大相径庭，但是，面粉同样有助于它们，具有同花药粉一样的效用。

我刚才就蜜蜂重新提起的话题，我想，同样可以在花卉的王国里得到证实。很可能，举例来说，只要鼠尾草属的众多品种所作的令人敬佩的进化努力服从于某些试验，并且这份努力要准备得比像我那样的外行所能做的更有条理，就足够了。在其他许多容易收集的资料中，巴比内有关植物的饶有趣味的研究，使我们懂得，某些远离它们习惯的气候而移植过来的植物，确实如同蜜蜂那样，善于观察新的环境，并加以利用。因此，在亚洲、非洲、美洲的最炎热的地区，每个冬天都不曾毁坏我们的小麦，小麦重又变成它最初时的样子，成为像细草那样富有生命力的植物。那儿的小麦总是绿油油的，通过根系来繁殖，而且不再有麦穗和种子。当它从原生的热带故国来到我们的寒冷地区，需要适应新环境时，它必须打乱原有的习惯，创造一种新的繁殖模式，正如巴比内透彻地指出："植物的机体似乎不可思议地、奇迹般地预感到，为了避免在气候严酷的季节里彻底死亡，必须经历种子的状态。"

二十四

不管怎样，为了推翻我们前面曾谈到的反对意见——这些意见曾使我们兜了那么大一个圈子——只要人类力量形式之外的智力进步行为得到证实，哪怕是仅仅一次，这就足够了。但是，人们除了感到乐于反驳一个过于自负和陈旧的证据之外，有关鸟儿、昆虫、花卉的拟人化的智慧问题，实际上是多么无足轻重！尽管人们谈到兰科植物和蜜蜂时，说什么这是大自然而不是植物或蜜蜂本身在盘算、策划、点缀、创造和思考，但这中间的差别于我们又有什么关系呢？一个更加深刻、更加值得我们热切注意的问题，对于这些细节具有决定性的影响。重要的是理解特性、品质、习惯，也许还有全部智慧的目的，所有在这块土地上完成的智力行为都来自于这份智慧。按照这样的观点，生物——尤其是蚂蚁和蜜蜂——的研究，是人们能够着手进行的一种最有趣的研究，在研究过程中，这种人类智力形式之外的才能的行为和典型，表现得尤为明显。依照我们刚才所证实的一切看来，这些意向，这些智力行为，在兰科植物身上至少与群居的膜翅目昆虫同样复杂、同样先进、同样动人心弦。还应当考虑到，关于许多运动物体以及这些躁动不安的昆虫的某些推理方式和某些颇为艰难的观察，我们尚未涉足，而我们却毫不费劲地理解了那生性安静的花卉的一切悄无声息的动机，一切坚定而明智的推理。

二十五

然而，在对大自然的杰作、普遍的智慧或宇宙的才华（词语在这儿是无关紧要的）表示惊讶的同时，我们在花卉世界里又发现了什么呢？为了不至于一笔带过，因为这一科目会引起久远的研究，我们首先要指出，花卉世界中美和喜悦的观念、它诱惑的手段、它的审美趣味，同我们非常相近。不过，应当更确切地认定，我们的观念适应了花卉的观念。事实上，我们不能肯定的是，我们是否创造了适合于我们的美。我们所有的建筑图案、音乐动机、色彩和光线的调和等等，都直接借鉴于大自然。且不提海洋、山峦、蓝天、黑夜和黄昏，比如说，我们对于树木的美又能说些什么呢？我指的不仅是森林中的树木，这树木是大地的一种力量，也许是我们的本能和我们的宇宙观念的主要源泉，我指的也是树木本身，单独的一棵树，历经沧桑后它依然老当益壮。这些印象构成了明朗的底蕴，它们可能成为我们一生幸福和安宁的奥秘，在这些不知不觉形成的印象中间，我们之中又有谁会没有保存着对几棵美丽的树木的印象呢？当人们走过了生命旅程的半途，当人们达到人生的辉煌阶段，当人们阅尽了大千世界和人类的艺术、才能、豪华可能提供的几乎所有的场面，并体验和比较了许多东西之后，人们重又回忆起十分简单、朴素的事物。这些简单的记忆在纯净的天际竖立起二三幅纯洁、清新、静止的画面，如果真有一幅能够通过隔绝两个世界的门槛的画，人们愿意让它和自己一起长眠。对我来说，我既无意设想天堂，也不愿去想象九泉之下的哪怕变得辉煌异常的生活，例如圣博姆的雄伟的山毛榉，佛罗伦萨或我住处附近僻静之地的柏树或意大利五针松给过往行人所作的必要的耐受力、沉着的果敢、奔放的热情、默默无言的胜利、严肃和毅力等一切重要情绪的示范。九泉之下，这些树木并没有它们的位置。

二十六

不过，我不想离题太远，关于花卉，我只想指出，当大自然想要显得美丽、赏心悦目，表现出幸福的气氛，那么，它会采取同我们几乎一样的做法，假如我们同它一样拥有它那些财宝的话。我知道，我这么说，真有点像赞赏上帝总是让大河流经大城市的主教；但是，很难以不同于人类的另一种观点来思考这一切。因而，遵循这个观点，我们考虑到，如果我们不了解花卉，那么，我们对征兆，对幸福的表现的理解，便会少得可怜。为了正确评价花卉的美和欢乐，必须居住在一个花卉占优势的地方，就像我写下这些文字的地方，普罗旺斯省介于西亚涅河和勒卢河的一块地方。这儿，花卉的确是山谷和丘陵的唯一君主。那儿的农民已丧失种植小麦的习惯，好像他们只要能满足一种感情更加细腻的人的需求就行了，这些人以甘美的气息和精美的佳肴为食。田野只是不断更换的花束，接踵而至的芳香仿佛围绕着蔚蓝的岁月在跳轮舞。银莲花、紫罗兰、金合欢花、堇菜属、石竹花、水仙、风信子、长寿花、木犀草属、茉莉花、晚香玉，占满了白天和黑夜，占满了春、夏、秋、冬。但是，辉煌的时刻则属于五月的玫瑰。那时，从山坡到洼地，在葡萄园和橄榄园的垄间，玫瑰花如同一条花瓣组成的大河在向四面八方流淌，从这花之河中浮现出房屋和树木，我们把这条色彩缤纷的河流献给青春、健康和欢乐。花卉的芳香显得热烈而又清新，但特别充实，人们也许会以为这芳香微微启开天国之门，直接来自于福乐的发源地。大道小径是在花卉的果肉中，在天堂的养料中开凿而成。人们仿佛平生第一次得以一饱眼福。

二十七

为了始终坚持必要的幻想，并从我们人的观点出发，在提出第一点意见之后，我们再补充一点不那么大胆，但具有更广泛意义的，也许富有成果的意见：地球的特性多半可能也是整个世界的特性，它完全和人的行为一样，在生存斗争中产生功效。它采用同样的方法、同样的逻辑。它借助我们运用的手段来达到目的。它摸索、踌躇，几次三番从头开始，然后，又补充、淘汰，像我们处在它的地位上也会做的那样，一旦意识到自己的错误，便加以矫正。它竭尽全力，采用我们工场里工人和工程师的方法，艰难地、逐步地进行创造。它也同我们一样，跟生存中形形色色沉重的、庞大的和阴暗的东西作斗争。它并不比我们更清楚前进的目标；它寻找自我，渐渐地发现自我。它经常拥有一个模糊的理想，但是，人们仍然可以辨认出众多重要的路线，它们趋向一种更加热情、复杂，更加令人激动、注重精神的生活。在物质上，地球的特性支配着无穷的资源，它了解我们对之一无所知的神奇力量的奥秘；但是，在理智上，它好像严格地把活动范围局限于我们的星球，至今，我们尚未发现它超越过这一界限；如果在那儿它什么也没有获得，是否能因此而断言在这星球之外什么也没有呢？是否也能因此而断言，人类精神的表现方法是唯一可能的，人类不会互相欺骗呢？能不能因此而认为，人类既不是例外，也不是个怪物，而是宇宙的根本愿望和意志在它内心闪现，并在它身上表现出来的生物呢？

二十八

　　我们的认识的水准点缓慢而有节制地显露出来。也许，柏拉图著名的形象化比喻，那洞壁上显现出一些无法解释的阴影的洞穴①不

---

① 见柏拉图的《理想国》卷7。——译者注

再令人满意；但是，如果有人想以一种新颖的而且更加确切的形象化比喻来代替它，它也许不会更令人快慰。请设想一下，这个洞穴逐渐扩大。永远不会有一束亮光照射进来。除了光和火，有人会周到地用我们的文明所允许的一切来装备它；而在那儿，人们则打一出生便如同被囚禁了起来似的。他们从不怀念光明，因为他们从未见到过光明，他们也许不是盲人，他们的双目并未失明，但又不需要看见任何东西，他们的眼睛可能变成最灵敏的触觉器官。

为了在他们的行为中认出我们自己，不妨让我们想象一下这些处于愚昧无知的状态，置身于环绕他们的大量不为人知的物体中间的不幸的人。有多少无法理解的蔑视，多少难以置信的偏向，多少出乎意料的阐释！但是，他们对并非为黑夜而创造的事物的利用则显得令人感动，而且往往异常巧妙！……如果他们在亮光下突然发现了他们竭力使之适应于黑暗中变化的工具和装置的真实性质和用途，他们的惊愕会是什么呢？他们遇到过多少次这样的情况呢？……

然而，从我们方面来看，他们的处境似乎简单而安逸。他们匍匐其间的奥秘是有限的。他们仅仅被剥夺了一种感觉，而要估计我们缺少多少感觉则是不可能的。他们犯错误的原因只有一个，而别人却无法统计我们所犯的种种错误的理由。

既然我们生活在这样一种洞穴里，观察到把我们置身于其中的力量，而且在某些重大问题上经常跟我们本身一样起作用，那不是一件很有趣的事吗？在地下室里，微微的闪光让我们明白，我们并没有弄错那儿所有东西的用途；而那些微微的闪光则是昆虫和花卉带给我们的。

二十九

很长时间，我们曾怀着某种愚蠢的骄傲，以为一些神奇的、独特的、令人叹为观止的生物可能是来自另一个世界，这些生物同其他生命没有确定的联系，在任何情况下都具有异乎寻常的、无与伦比的、极其可怕的能量。不过，还是不那么神奇的好，因为，我们知道，在大自然的正常演变中，奇迹是转瞬即逝的。发现我们跟这大千世界的灵魂有着一样的思想、一样的希望、一样的不幸，而且，几乎有着一样的感情，发现我们遵循着跟这大千世界的灵魂一样的路线——虽然这并不是我们的正义和怜悯的特有的理想——确实是非常令人快慰的。我们确信，为了改善我们的命运，为了利用各种力量、时机和物质规律，我们常常诉诸类似大自然用以照耀和支配那些难以驾驭的、意识不到的领域的方法，我们也确信，我们生活在真实之中，生活在充满未知物质的宇宙，而这宇宙的思想并不难以理解，并不怀有敌意，相反，却是同我们的思想相似的或相同的，这一切都确实是非常令人宽慰的。

如果大自然通晓一切，如果它从不欺骗自己，如果它在一切方面一下子就表现得完美无缺和可靠有效，如果它在所有事情上都展示出大大地超越我们的智力，那么，就有理由产生恐惧，并因此而丧失勇气。我们会觉得自己是一股奇特力量的牺牲品和战利品，了解和衡量这股力量，对于我们是件毫无希望的事情，不如相信这股力量至少从智力观点来看同我们的能力极其相似。我们的才智与大自然的智力都从同样的储存库汲取补给。我们置身于同一世界，几乎是处于同等的地位。我们不再同高不可攀的神灵们交往，而是同含蓄的、充满情意的愿望发生关联，重要的是要发现和引导这愿望。

三十

认定压根儿不存在多少有点智慧的生灵，也许并不是过于轻率的，但是，我设想，一种凌乱的、空泛的智慧，犹如某种万能的流体，根据这些生灵是良好的或者是蹩脚的精神导体，以各种不同的方式渗透进它遇到的一切机体。直到现在，在这片土地上，人类也许具有对宗教称之为神奇的流体显示最小阻力的生存方式。我们的神经也许是传导这股更为灵敏的电流的线路。我们头脑中的脑回可以说会形成感应线圈，在这线圈里，电流的力量逐渐增强。但是，这电流不可能是另一种性质，也不会出自于其他来源，而只能是在石头、星星、花儿或动物身上流过的感应电流。

然而，鉴于我们并不具备可能获取答案的装置，探索这些奥秘也就无济于事了。我们只是观察了这种智慧在我们自身之外的若干表现。我们在自己身上观察到的一切则有充分的理由令人怀疑；我们是审判官，同时又是当事人，我们过于关心如何使我们的世界充满幻想和美好的希望。然而，哪怕最微弱的外界的迹象，对我们也是弥足珍贵的。就我们对于山脉、海洋、星辰产生的兴趣而言，花卉给予我们的可能微不足道，要是我们发现了它们生存的秘密的话。

这秘密使我们更有信心假定，赋予一切事物以生命力的，或在一切事物中表现出来的灵性，同赋予我们机体以活力的灵性，是属于同样的本质。如果这种灵性同我们自身灵性很相似，如果我们的灵性同样也同它很相似，如果在它身上所存在的一切，在我们自身同样存在，如果它运用我们的方法，如果它也有我们的习惯、忧虑、特性和对更美好的东西的渴望，那么它指望获得我们本能地、无法克制地所希望的一切，难道不合逻辑吗？既然可以肯定它也希望得到这一切。当我们觉得，这种智慧在生活中四处可见，那么，这生活是否很可能并不止造就智慧呢？也就是说，生活并不以追求幸福、完美及战胜我们称之为邪恶、死亡、黑暗、虚无的东西为目标，这目标可能只是它投下的一个暗影或者只是它的自然蛰伏状态。

花的芬芳

　　以相当篇幅叙述了花的智慧之后，我们再略微谈谈花的灵魂亦即它的芬芳，似乎是很自然的事。遗憾的是，如同对人的灵魂一样，这里涉及的是充满理性的另一种领域的芬芳，我们面对的是一种不可知的事物。对氤氲于花冠周围，那肉眼看不见，却又令人心旷神怡的绝妙氛围我们几乎一无所知。其实，很难认定这种氛围意在引诱昆虫。首先，许多花卉，即便是香气扑鼻的花卉，都不接受异花授粉，因此，它们对于蜜蜂或蝴蝶的光顾显得无动于衷或感到讨厌。其次，唯有花粉和花蜜才吸引昆虫，而一般来说，它们并不散发出明显的气味。所以我们可以看见昆虫无视最为芳香动人的花卉，例如玫瑰和石竹，而成群结队围住槭树和榛树毫无芬芳可言的花朵。

　　应当承认，芬芳对于花卉究竟有怎样的益处，我们确实一无所知，如同我们并不明白我们为什么会感觉到花的芬芳。实际上，嗅觉是我们官能中最解释不清的了。显然，视觉、听觉、触觉和味觉都是于我们的动物性生活所必不可少的。唯有借助长期的教育和熏陶，我们才有能力毫无偏见地欣赏千殊万类的形态、色彩和声音。此外，我们的嗅觉还发挥重要的而又并非独立的作用。它对我们吸入的空气起着护卫的作用，它是卫生学家和化学家，细心关注所提供的各种食物的质量，一切挥发难闻气味的东西都在它面前暴露出令人可疑或危险的苗头。不过，除了这一项具有实际意义的使命以外，它表面看来似乎不同任何东西发生瓜葛。芬芳对我们的物质生活的各个方面都毫无裨益。由于它过于强烈，过于持久，它甚至变得有害于这种生活。然而，我们拥有一种对芬芳表示愉悦的官能，这种官能以饱满的热情和信心，就像发现果实或美味饮料似的，给我们带来喜讯。芬芳的毫无裨益这一点值得我们注意。它想必掩盖着一个美好的秘密。这是独一无二的情况，即大自然为我们谋取一种无偿的乐趣，一种满足，此种满足并不以必然性来掩饰某个圈套。嗅觉是大自然赐予我们的唯一奢侈的官能。而且，它似乎同我们的身体几乎毫不相干，同我们的机体也并不那么休戚相关。嗅觉究竟是一种发达的抑或是萎缩的器官呢？究竟是一种蛰伏的抑或是苏醒的官能？一切都引导人们相信，它同我们的文明同步演变。古人几乎仅仅对最浓厚、最强烈、最粗犷的香味发生兴趣，可以列举麝香、安息香、没药、乳香等等。在古希腊、罗马和希伯来的诗篇中，很少提及花的芳香。而今天，我们不是可以见到农民甚至在他们闲暇时也乐意闻闻堇菜花或玫瑰花吗？反过来说，大都市的居民发现一朵花时所做的第一个动作不也是这样的吗？因此，有某种理由来假定，嗅觉在我们官能中可能是唯一最后生成的，但并非如生物学家们沉重地宣称的是"趋向退化"的官能。这正是我们依恋嗅觉，对它进行考察并培育它的种种可能性的缘故。当嗅觉与眼睛具有同样完善的功能，例如在狗的身上，它在同样程度上借助鼻子和眼睛而生存，那么谁能来阐明嗅觉赋予我们的惊奇呢？

我们面临的是一个未经勘探的世界。乍一看来似乎同我们的机体毫不相干，却又能相当仔细地察看这一世界的神秘感官，也许就是最能透视这一世界的感官。难道我们不首先都是以空气为生的生物吗？对于我们来说，空气难道不是最为纯粹的、最为灵敏的、必不可少的生存要素吗？而嗅觉不正是在某些方面感知空气的唯一感官吗？芬芳是我们赖以生存的空气中的瑰宝，它没有理由不去装点空气。这一未被理解的奢侈品，同某种极其深刻、极其重要的东西相呼应，正如我们刚才所看到的，与其说它同某些业已消失的东西相呼应，不如说同某些尚未生成的东西相呼应，这也许并不出人意外。很可能这一感官——面向未来的、独一无二的感官——已经理解了赋予我们惊奇的物质的某种形态，或某种有益而美好的状态的惊人表现。

同时，这又属于最强烈却又最不敏锐的感觉。借助于想象，它几乎并不怀疑深沉而和谐的气息，这气息显然以气氛和光线笼罩着壮观的景象。当我们即将攫住雨水或黄昏的气息，为什么我们最终不能分辨和确定冰、雪、朝露、黎明和闪烁的繁星的芬芳呢？大千世界的一切，甚至一缕月光，一声潺潺的流水，一朵飘游的云彩，一抹蔚蓝天空的微笑，无不具有其不可思议的芬芳……

*　　*　　*

机遇，或者更恰当地说，生活的选择，此时把我带往出产和制作欧洲的几乎所有香水的盛地①。事实上，就像人们所熟知的那样，在从戛纳伸向尼斯的阳光灿烂的地带，遍布生机蓬勃、真情洋溢的鲜花的山丘和河谷，正在进行一场反对德国化学臭气的英勇斗争，那些山丘和河谷抒发出大自然的芬芳，抒发出如诗如画的乡村、树林和原野所特有的芬芳。

那儿，农民的劳作按照某种独一无二的花卉历法而进行，五月和七月，两位令人爱慕不已的女王——玫瑰花和茉莉花支配着一切。这两位君主，一位闪耀着金黄色的光辉，另一位穿着缀满白色星星的外衣；从一月到十二月，触目皆是而又转瞬即逝的堇菜花，纷繁热闹的长寿花，天真烂漫、赏心悦目的水仙花，丰厚硕大的含羞草，木犀草属，充满珍贵香料的石竹花，专横跋扈的天竺葵，纯洁无瑕的橙树花，薰衣草，鹰爪豆，香气馥郁的晚香玉，绽开着毛虫状的橙色花儿的金合欢，众星捧月似的围绕着它们，络绎不绝，相继而来。

起初，见到那些身材高大、粗俗、笨拙的庄稼汉这样倾心于花卉，颇为令人困惑。他们细致入微地抚弄这些点缀大地的脆弱的装饰品，履行蜜蜂或蜂后的职责，在花叶繁茂的堇菜花和长寿花下累得直不起腰杆，而在其他场合，极度的贫困则使他们失去生活的微笑。但是，给人留下最为美妙印象的是玫瑰花或茉莉花盛开季节的某些傍晚和清晨。人们兴许会以为，大地的氛围骤然起了变化，它被一个无比吉祥的行星的气氛所代替，芬芳不再像在人间似的那么

---

① 指法国的格拉斯市，那儿盛产香水，有许多制作香水的工厂。——译者注

短暂、模糊、虚弱，而是显得稳定、广阔、充实、持久、丰满、正常而又不可剥夺。

＊　　＊　　＊

在谈到格拉斯及其周围地区时，人们不止一次地描绘过——至少我这样以为——这一主宰城市的神话般的工业的图景，这座勤奋的城市犹如一个阳光沐浴的蜂箱安置于山坡上。人们大概已经叙述过这样的景象：在热气腾腾的工厂门口卸下一车车美丽的红玫瑰花；宽敞的厂房里，拣选机在如海的花瓣中操作；堇菜花、晚香玉、金合欢、茉莉花并非是大批量地运来，因而愈加显得贵重，它们被装进大篮筐，农民们庄重地顶在头上。对于种种操作程序，想必早已有过描写，人们根据花卉的特性，借助这些程序，获取花的内心绝妙的奥秘，并进而把它们在晶体状态中固定下来。我们知道，某些花卉，比如善解人意、娇艳可爱的玫瑰，朴实无华地奉献出自己的芳香。人们把玫瑰花装进火车头一般高的大锅炉，水蒸气打锅炉旁过。渐渐地，比珍珠液还要昂贵的香精油一滴一滴地渗入一支鹅毛笔粗细的窄窄的玻璃管，然后在一个奇形怪状的蒸馏器的底部艰难地生成琥珀色浆液。

但是，大多数花卉并不是那么轻而易举地任人幽闭它们的灵魂的。在此，我并不想诉说花卉遭受的所有痛苦。人们为了迫使它们最终放弃它们不顾一切地隐藏在花冠深处的珍宝，便向它们施加各种各样的酷刑。为了对刽子手的诡计和受害者的倔强有所了解，只要想一想长寿花、木犀草属、晚香玉和茉莉花因遭到冷冻法萃取花香而蒙受的痛苦便足够了。我们顺便提醒一下，茉莉花的芬芳是唯一无法模仿，无法从其他气味的复杂混合中获取的香味。

于是，人们在大玻璃板上抹一层两指厚的油脂，油脂上铺满花儿，借助怎样虚伪的手段，怎样甜蜜的许诺，油脂才终于获得义无反顾的信任呢？无论如何，过于轻信的可怜的花儿很快便香消玉殒了。每天清晨，收拾起凋残的花朵，把它扔到废物堆里，然后，在那狡诈的油脂层上，又一批铺撒的花儿替代了它们。现在该轮到新的花儿让位，蒙受同样的厄运，如此循环不断。但仅仅过了三个月，也就是说吞噬了整整九十茬的鲜花之后，贪婪而任性的油脂浸透了香气扑鼻的废料，拒绝释放出新的受害者。

堇菜花却不理会冷油脂的要求；只好再诉诸火的酷刑。于是，人们把油脂隔水加热。经历这样野蛮的处理，这种春天在路旁盛开的纯朴而可爱的花卉便逐渐丧失了保持其贞操的力量。它屈服了，奉献出自身。那液体状的刽子手，在吮吸了四倍于自身重量的花瓣之后，饱和了，这就导致在堇菜花盛开于橄榄树下的整个季节里，这种可恶的折磨一直持续不息。

但是，戏还没有收场。现在，不管油脂是冷还是热，重要的是使这吝啬的油脂吐出它吞进去的东西，而它则聚集自身一切难以捉摸的力量，以维护它已摄取的珍品。人们要做到这一点并非不费吹灰之力。它具有使自己沦丧的低级情欲。人们给它灌注大量酒精，使它陶醉，它最终便放弃了努力。此时，是酒精掌握奥秘了。它一旦拥有这奥秘，便也同样向任何人都秘而不宣，仅仅为自己严加保守。于是，人们便向酒精进攻；把它浓缩，使之蒸发，再使蒸气凝结，经历如此众多的险遇，几乎取之不尽、永不枯竭的、纯净的液态珍珠终于滴进了一只水晶的细颈瓶。

我无意一一列举提取的化学过程：石油醚、二硫化碳，等等。格拉斯的德高望重的化妆品制造商们信守传统工艺，他们对这种种非自然的、几乎是不正当的方法非常反感，这些方法仅仅产生刺鼻的香气，并且伤害花卉的灵魂。

时间的度量

夏天是幸福的季节。每年，在这美好的时光，隆冬时节等待、期盼的时光里，时光金色门扉终于为我们打开，欢乐重返枝头、山野、海滩，这时候，我们要学会充分、快乐、细细地享受它。我们对这段特别的时间应该有一个较平日分配更为精确的度量。让我们在灿烂辉煌的、透明的和由它们应当蕴有的光明本身构成的非凡器皿里，采撷它们炫目的分分秒秒吧；就像把名贵的酒浆不是倾注在平时餐桌上的普通玻璃杯里，而是斟满珍藏在餐具柜里的、盛大节庆活动时才使用的、最纯净的水晶杯和银杯里那样。

*　　*　　*

度量时间！我们生来如此，只有像对待一种根本看不见的货币那样计算时间，估摸它的分量，才能意识到它的存在，才会相信它的悲哀和至福。时间只有在为了使它变得能够看见而设想出来的复杂仪表里，才得以具体化，才能获得它的实体和价值；它不存在于它本身，而是从确定它的器械借来味道、芳香和形貌。就因为这样，被我们的小怀表撕成碎片的分分秒秒，和钟楼或主教座堂上大钟的长针所展现的分分秒秒面貌迥异。所以，对我们每一小时的起端不应无动于衷。就像我们的酒杯，随着它们送到我们唇边的是清淡的波尔多葡萄酒，还是浓郁的勃艮第葡萄酒，是爽口的莱茵葡萄酒、醇厚的波尔图葡萄酒，或是飘逸的香槟酒，它们的形状、色调和光泽会发生变化一样，我们的每一分钟为什么就不能按照与它们的忧郁、呆滞、欢乐相适应的模式一一区分呢？比如，我们勤勉的那几个月和冬季的日子，愁闷、忙碌、匆忙、忐忑的日子，就适合于被壁炉挂钟、电动或气动的刻度盘、小小怀表的齿轮、钢针、珐琅盘严格地、有条不紊地、坚执地划分开来。在此，威严的时间，人类和神祇的主子，无始无终、无边无际的人类形态，时间变成了冥顽不灵的小虫子，机械地啃噬着一个没有地平线、没有天宇、没有歇息的生命。至多，在放松下来的时候，夜晚，灯光下，极其短暂的忘却饥饿或虚荣的闲聊时刻，才允许科城或弗朗德勒挂钟巨大的黄铜钟摆放慢速度，使正在逼近的沉沉黑夜之前的那几秒钟变得庄严肃穆。

*   *   *

另一方面，让我们为已经不再无情、然而确实晦暗的时间，为气馁、弃绝、疾病和痛苦的时间，为我们生命中的死亡的时刻，缅怀我们的祖先使用过的古老、沉闷、静默的沙漏吧。今天，它已经只是放在我们的坟茔上或者教堂丧事黑幔上的一个无所作为的象征了。除了在外省的某个厨房里，小心翼翼地煮连壳溏心蛋时，我们还能见到它，可怜兮兮地屈尊降纡在那里支撑局面。虽说它还现身在长柄镰刀旁边，老式大衣柜里面，它却已不再作为计时器械存在。

然而，它有它存在的价值和理由。在人类思想的悲恸岁月里，在逝者的归宿周围建起的回廊里，在门窗只能朝向比我们的世界更为可怖的另一个世界的朦胧微光、半开半掩的修道院里，它是被褫夺了欢乐、微笑、惊喜和光彩的时间的度量，是别的任何计时器都不可能有幸取而代之的器械。它并不精确标出时间，它把时间窒息在尘埃里。它的职司是一一计算祈祷、等待、恐惧和厌倦的沙粒。与周围生活、天宇、花园、空间相隔绝的分分秒秒以尘土的形式在那里流逝，它们被封闭在玻璃瓶里，就像隐居在陋室里的僧侣，不标志、不报出任何时间，把时间统统埋葬在阴郁的沙砾里，而守望着它们默默地不断坠落的闲散的思想也随着它们逝去，添加在死者的骨殖上。

*　　*　　*

在火流般的夏季壮观的两岸之间，最好似乎还是按照把时间倾吐在我们的休闲活动上的太阳标出的秩序，品味其连续的炎热。在这些天空更为高旷、更为开阔，白云稀疏的日子里，我只相信、只眷恋太阳通过它投射在大理石刻度盘上的一束光线留下的灼热的阴影给我道出的光线伟大的划分；这些刻度盘在花园里、池塘边举重若轻地默默显示和记下我们的星球在宇宙空间的行程。引导星球运行的时间的意愿，其直接而且是唯一真实的登录，使我们可怜的人类时间，规范我们三餐和我们卑微生命之卑微运动的时间，获得某种尊严，某种专横和直接的无限的气息，从而，使美丽无瑕的夏季被露珠浸润的璀璨的清晨，以及几乎静止的下午变得更加广阔、更加有益于健康。

不幸的是，在我们的花园里，唯一能堂堂正正地跟上无瑕疵的时间那严肃的步履的日晷仪变得越来越罕见，正在销声匿迹。我们已经只能在某些古城、古老的城堡、古老的宫殿的主要庭院里，石砌平台和槌球场上，树木按梅花形栽植的林荫道上，才难得遇上它，而且，它金色的数字，它的圆盘和指时针都已被它们应当永远顶礼膜拜的神用手抹去了。然而，普罗旺斯、意大利的某些小镇对这天赐时钟依然忠贞不渝。在那些地方，我们还能经常看到，在最轻松愉快地破败不堪的农舍朝阳的山墙上，绽放着壁画刻度盘，盘上的轮辐线精细地标出它们妙不可言的进程。而含义深刻或幼稚，然而就它们所占有的位置和它们在极为广泛的生活中的参与而言，始终是有教益的格言，还在竭力地想把人的精神掺和到费解的奇异现象中去。"正义的时刻不会在俗世的日晷上敲响"，狼河图莱特教堂日晷题铭如是说。狼河图莱特是我寓所邻近的一个与众不同的、几乎像在非洲的那种小村落，到处是崩塌的岩石，爬满了龙舌兰和仙人掌，就像是托莱多①的缩影，被太阳晒得只剩下了骨架。"A lumine motus." "我因光而动。"另一个环形日晷自豪地宣称。"Amyddst ye flowres, I tell ye houres!" "我在花丛中计时。"一个古老的大理石日晷板在一座古老的花园深处说道。然而，上世纪初的一天，英国随笔作家哈兹里特②在威尼斯附近发现的 "Horas non numero nisi

---

① 西班牙中南部古城，多岩石，街道崎岖，曲折狭窄。——译者注
② 威廉·哈兹里特（1778—1830），英国作家，著有哲学论文、戏剧评论、政论、随笔多部。1824年出国旅行，1826年出版《法国和意大利旅行杂记》。——译者注

serenas"，"我只计算明亮的时间"，无疑是最美的铭文之一。"何等强烈的摧毁忧患的情感啊！当太阳被云遮雾障的时候，日晷上的阴影便被统统抹去了，而时间也便成了个巨大的空洞，除非有愉快的事情标出它的进程，这时，所有不开心的事情便统统坠入遗忘！这一佳句告诉我们要以时间的恩德来计算它，只有微笑才是值得看重的，对命运的严峻要忽略不计，要用闪光的温馨的时刻来构筑我们的生活，始终朝向事物阳光灿烂的一面，让剩下的通过我们的遗忘和疏虞的想象逝去了吧！"

＊　　＊　　＊

挂钟、沙漏、漏刻报出没有形象、没有容貌的抽象的时间。这些都是我们奴隶和囚徒时代房间里使用的苍白的计时器械。而日晷向我们揭示的却是翱翔在穹苍下的大神，他的翅膀真实颤动的影子。为平台或大路交叉路口一大景观的大理石板，和华丽的梯阶、敞开的栅栏、深邃的千金榆绿篱墙是那么和谐。在它周围，我们享有的灿烂辉煌的时间一纵即逝，然而是不容置疑地曾经存在。谁善于学习在空间里区分时间，便能看到它们轮番触及大地和俯身在神秘的祭台上，给予人尊崇却无法认识的神奉上祭品。他便能看到时间不同的、多变的长裙，戴着果实、鲜花或露珠的冠冕走来：最初是曙光中半透明的、几乎看不见的时间，接着是中午，热烈、严酷、光辉闪耀、几近无情的时间，最后是黄昏，缓慢、奢华地拖沓着走向正在接近的黑夜，走向被染成紫酱色的树木阴影的时间。

唯有它有资格度量绿色和金色的那几个月有何等辉煌。就像十分的幸福，它一言不发。在它身上，时间像默默地走过宇宙空间的星球，默默前行；然而，邻村教堂还是不时地为它打开青铜巨钟的大嗓门，也没有任何东西能有钟声这么悦耳了，因为这钟声和它所标出的蔚蓝色的长空正值中午的阴影静悄悄的脚步协调一致。它给予散乱的、无名的至福一个中心和接二连三的名称。全部的诗歌，周围的种种乐事，天宇间的所有奥秘，捍卫着夜晚像神圣的珍宝般交托于它们的清新的乔木林的各种模糊思想，小麦地、平原、不设防御地任由华丽的光亮吞噬的山岭的全部真福的颤抖的强度，流淌在线条柔和的两岸间的小溪的十足的慵懒，还有蒙上由浮萍构成的汗珠的池塘的酣眠，开在粉墙上贪婪吸吮地平线的窗户的房屋的满足，急于结束燃烧着的美丽的一天的花儿的芳菲，随着时间进程婉转歌唱以求在空中编织它们的花环的鸟雀，——所有这一切，连同成千上万看不见的事物和生命，相邀相约，并且意识到在时间这面明镜周围它们的生命期限，在这面镜子里，太阳只是巨大无边的机器里的一个齿轮，这架机器徒劳无益地细细划分永恒，只有太阳以一道殷勤的阳光前来标出地球，以及地球所带有的一切，在星辰的路途上每天所完成的旅程。

道德的忐忑

一

我们正处在人类发展史上一个罕有的时期。有一大部分人，恰恰就是迄今兴风作浪，制造出我们已比较肯定地了解的那些事件的那部分人，正在渐渐离开人类在其中生活了近两千年的宗教信仰。

一种宗教的泯灭，这种现象并非今天才有。在黑暗时期，这种事情就出现过不止一次。罗马帝国末年的编年史作者们便让我们如临其境地看到了异教的死亡。然而，直至现今，人们从一个垮塌的庙宇，走进另一座新建起的庙宇，他们走出一种宗教是为了进入另一种宗教。而不是像我们，抛下我们的信仰后不知何去何从。这便是我们目前所处的、前途未卜不知下文的新现象。

二

毋庸赘言，宗教历来都是通过它们对人死后的许诺和它们的道德观念，对人们的幸福施加十分巨大的影响的，虽说我们也见到过有些十分重要的宗教，比如异教，既不作出承诺，也没有严格意义上的道德观念。我们的宗教许过什么诺言就不说了，既然，这些诺言首先随着信仰的消失而消失；不像产生于这种正在消失的信仰的道德观念，我们依然生活在它筑起的纪念塔里。然而，我们感觉到，尽管有习惯的支撑，这些纪念塔却已在我们头上开裂，许多地方，我们已是毫无遮掩地处于不测风云、无据可循的天空下了。因此我们或多或少无意识地在积极参与一个道德观念急就章的制定，因为，我们感到那是不可或缺的。这个道德观念便由以下各个部分所构成：从过去中捡起来的碎片、借自普通常识的结论、科学隐隐见识的某些法则，最后还有通过新的奥秘中的某个转折，归属于常识不足以支撑的旧道德范畴的迷失方位的智慧某些极端的直觉。试图理解这番制定的主要反应，这也许挺奇怪。这样的时候似乎到了，许多人在考虑，在服从于其他法则的那个阶层里，继续实施高尚尊贵的道德观念，会不会使他们过于天真地放下武器，充当吃力不讨好的受骗上当者的角色。他们想知道，把他们维系在旧道德上的原因是不是纯属情感上的、传统和虚幻的东西。并且，他们还在自身颇为徒劳地寻找理性可能为他们提供的支持。

三

且把依然相信宗教可靠之处的人们藏身的人为避风港搁置一边，文明社会的主要潮流从表面上看摇摆在两个截然不同的理论之间。况且，这两种平行、然而却背道而驰的理论，就像两条敌对的河流已穿越各个时代的人类道德的田野。只是它们的河床从来没有如此清楚、如此严格地挖掘过。从前，那只是本能的利他主义和利己主义，散落在往往互相纠缠的波涛中间，近来变成了系统性、绝对的利他主义和利己主义。在它们未作更新、却已搬动的源头有两位天才人物：托尔斯泰[①] 和尼采[②]。然而，犹如我说过的那样，这两种理论只是在表面上瓜分伦理学世界。现代意识的真正悲剧并不是为这两种走极端的观点中的任何一种表演的。它们迷失在空间之中，无非只是标出两个没有谁想要达到的虚幻的目标。两种理论之一急切地想退回从未存在过的它臆想中的过去，另一个则心急火燎地向往不见丝毫端倪的未来。在这两大梦幻之间，流淌着它们置若罔闻的现实，依然包裹着它们、淹没了它们的现实。我们正该在每一个人身上都带有其形象的这个现实里，潜心考虑今天支撑我们生活的道德的成形。还需要我补充说明，在使用"道德"这个词的时候，我之所指绝非凸显在习俗和时兴上的日常存在的实施，而是指限定内心世界的重要法则吗？

四

我们的道德是在我们有意识或无意识的理智中形成的。就这一观点而言，我们能在那里注意到三个区域。最底下的，最沉重、最厚实也最一般的那个区域，我们称之为"常识"。稍微上面一些，已经提升到非物质的功利和享受的观念上的，我们可以称之为"见

---

① 托尔斯泰（1828—1910），俄国作家、改革家、道德思想家，《战争与和平》和《安娜·卡列尼娜》的作者。——译者注
② 尼采（1844—1900），德国哲学家，现代最有影响的思想家之一。——译者注

识"；而最后，在最上面，容许然而尽可能严格监督着想象、情感和把我们的有意识生活连结到无意识、连接到内外各种陌生力量的一切的要求，这即是全部理性的不确定部分，我们将称之为"神秘的理性"。

五

在我们每一个人，不分良莠的每一个人身上都有的道德"常识"，粗线条的道德常识就不需要细细陈说了，它自发地建立在宗教观念的废墟上。这是自我的、实用和立体的利己主义、各种本能和所有物质享受的道德。它从"常识"出发，认为只有一样东西是可靠的：自己的生活。在这种生活里，说到底，只有两个实实在在的坏处：疾病和贫困；以及两大真正的不能缩减的好处：健康和财富。其他的现实存在，幸福的或不幸的，全都由此引起。余下的，产生于情感或迷恋的欢乐和痛苦的都属假想，因为，它取决于我们对此形成的观念。我们享有的权利仅受我们同时代人们的同样的权利所限制，我们还需要遵守某些为我们心安理得地享受而设立的法则。在保留这些法则时，我们不允许任何约束，而我们的意识，远不是阻碍我们利己主义的所有行动，相反，应赞赏它们的胜利，因为这些胜利是与生存本能和合理的职责最相符合的东西。

这便是整个原始道德最基本的根据和第一状态。

这是在宗教观念彻底死亡后，许多人再也超越不了的状态。

六

　　稍微不那么物质、不那么动物性的"见识"观察事物时站得高些，因此也看得远些。它很快便注意到齐啬的"常识"在它的螺丝壳里过的是一种昏暗、狭隘、悲惨的生活。它指出，人和蜜蜂一样，再不能继续孤独下去，并且认为应该和他的同类共同生活以求得自由的、充分的发展，不能局限于无情无义的斗争，或者斤斤计较的简单的互相帮助。在他和别人的交往中，他依然从利己出发，但这种利己已非纯物质的了。它依然承认功利，可它已经允许这种功利能是精神的或情感的。它感受到了欢乐和痛苦，喜欢和厌恶，而这些情感的对象也能够是想象中的。如此理解的"见识"便能上升到踞于物质逻辑的结论之上的某种高度，依然不忘它的利益，但是，显得无可指摘。它庆幸自己牢牢地占据了理性所有的山头。它甚至向并不显著地属于理性范畴的东西——我想说的是迷恋、情感、在它们周围未经解释的一切——作出某种让步。这些让步是它该做的，否则，它自我封闭的那些阴暗的地窖便不会比让沮丧的"常识"越来越愚蠢的蜗居舒服一些。然而，也就是这些让步，唤起对道德一旦超越日常生活中一般的实施时，意图介入的不合理性的注意。

七

　　确实，在见识和禁欲主义的职责观念之间能有什么共同之处啊？它们处于不同的区域，并且几乎老死不相往来。见识，当它意图独自颁布造就人们的内心世界的法则时，会遭遇它在某个罕有的、还没有被它制服的区域——审美观——所撞上的同样的反抗和障碍。在审美观方面，十分幸运的是，就所有关于出发点和某些重要线路的问题还需要向它咨询，然而，一旦涉及作品的完成和神秘的、极度的美的时候，它便被专横地要求免开尊口了。如果说在审美上，它还能比较容易地忍住不说，在道德方面，它就想对一切发号施令了。因此，在构成我们人身的官能的总体上，让它一劳永逸地在该属于它的位置上就位便显得颇为重要了。

八

我们这个时代的特点之一，便是我们对这些智慧部分，即我刚才所称谓的常识和见识，给予越来越大和几近排他的信任。事情可不是历来如此的。以前，人们放置在常识上的只是生活中相当有限的和最为普遍的一部分。余下的在我们智力的其他区域，尤其是在想象力上扎下根底。比如宗教，以及随之产生的、以它们为主要源头的最明显的道德部分，历来都要上升到和见识狭隘的封闭区有很大距离的上空。这未免过分，然而，问题是要弄清楚，这个目前逆向的过分是不是盲目的。在我们的生活实践中，某些机械和科学法则所取得的长足发展，使我们给予见识以一种优势，剩下需要证明的是它有没有利用这个优势的权利。我们以为知道的某些现象的合乎逻辑性，表面上不可变更，其实可能是幻觉，却使我们忽略其他数百万尚不为我们所知的现象可能的不合逻辑。见识的法规是我们把经验和尚不为我们所知的东西相比较之下，微不足道的前者结下的果实。我们的见识举了个最普通的例子，说，"无风不起浪"。是的，在我们物质生活的狭小圈子里，这是确凿无疑的，足以说明问题了。可是，我们一旦走出这个极小的圈子，这便不能说明任何问题了，因为在全然陌生的世界里，因与果的概念也都是不可知的。然而，我们的生活，只要稍稍提升，便会随时走出物质和经验的狭小圈子，从而走出见识的范畴。即便是在我们心中被当作典范的可见世界里，我们也决然看不到它完全地占有优势。在我们周围，大自然呈现出它最恒定不变和最习以为常的现象，可它也并不总是按照我们的见识行事。还有比它生命的挥霍更荒诞的吗？还有比数十亿胚芽就为了一个生命的偶然诞生而盲目挥洒更无理性的吗？还有比它用无数无益的复杂方式（比如，在某些寄生虫的生活和花儿的昆虫传粉里）以达到最简单的目的更不合逻辑的吗？还有比这成千上万个世界一事无成地消失在太空里更疯狂的吗？这一切超越了我们的见识，并向见识指出它并不一定和普通生活相一致，它在宇宙中几乎是孤立的。它得反其道而思之，承认在我们并不孤立的生活中，不能给予它所向往的优势位置。这并不是说，我们会把它丢在它对我们有用的地方；然而，还是应该知道，它不能满足一切，因为它几乎什么都不是。就像在我们外界存在着一个超越它的世界一样，在我们心中还有一个超出它的范围的世界。它在它的位置，它的小村子，干它朴实有益的活儿，它可并不奢望成为大城市的主子和高山大海的君王。然而，大城市、高山大海在我们心里占有比我们实际生活的小村子大不知道多少的空间。它对一定数量的低级、有时是可疑的、然而却是不可或缺的真相而言是必要的一致，仅此而已。与其说它是支撑，不如说它是一条链子。别忘了，我们的进步几乎全都是顶着嘲笑和咒骂取得的，它顶着嘲笑和咒骂采撷无理性的假设，无理性然而却富有想象力的假设。因此，在无边无际的宇宙起伏不停的波涛中，我们不能把自己拴在我们的见识上，仿佛那是唯一的救命岩礁。拴在这块经历了所有时代和所有文明的静止不动的岩礁上，我们本该完成的事便将一事无成，我们也便不可能成为我们或许能够成为的人物。

九

至此，这个受见识局限的道德的问题还不是很重要。它无碍于我们历来所认为的人类身上最美好、最高贵的某些向往、某些力量的发展。宗教在完成被中断的业绩。今天，想要变成普遍道德的见识的道德，感到它的局限所带来的危险，在尽可能地寻求向公正和宽厚方面的扩展，力图在某种更高的利益中找到使这种道德变得不偏不倚的理由，以求填满一部分存在于它与这种不可摧毁的向往和力量之间的深渊。然而，还是有一些点，是它不自我否定，不在源头就自我摧毁便无法逾越的。从这些恰恰是无所用处的重要德行发轫之初的点来看，能做我们向导的还有什么呢？

十

待会儿，我们再来看看有没有可能回答这个问题。然而，即便承认在见识的道德范畴之外，再也没有，永远都不会再有向导，这也不能成其为为人类道德的未来担忧的理由。人从本性而言不可避免地是一种道德的生灵，即在他否认全部道德的时候，这种否认的本身就已经是一种新道德的核心。我们竟能说，道德是他特有的疯狂。迫不得已时，人类可以不需要向导。他行进得慢一些，但是，就像没人照明的夜晚一样有把握。他自身带着光明，暴风雨刮得他歪歪倒倒，但也使他的火焰燃烧得更旺。因此，竟可以说，人类独立于自以为在引导他们的思想。总之，看到这些周期性的思想对世间形成的善与恶的总体历来就影响不大，似乎很怪，却也不难理解。唯一真正起到作用的是带动我们的精神的波涛，它有涨潮，有退潮，但它仿佛在空间中缓缓推进，攻取什么我们不知道的东西。比思想更加重要的是在它周围流逝的时间，这是某种文明的发展，只是一定的历史时期普遍智慧的攀升。如果说，明天，有一种宗教出现在我们面前，它科学地、十分肯定地证实，每个善行、牺牲、英雄的和内心崇高的行为，均能在我们死后为我们当即带来确实无疑不可思议的报偿，我怀疑，我们生活在其中的善与恶、美德和罪孽的混合物便会出现无法评估的变化。需要举出有说服力的例子吗？中世纪时，有些时期，信仰是绝对的，它以和我们科学的确实性旗鼓相当的确实性强加于人。应允善的报偿，如同危言恶的惩罚，在当时人们的思想里，可以说和我前面提及的报偿一样地可触知。然而，我们没看到善的水准提高了。几位圣人，为他们的兄弟作出牺牲，他们具有某些选自最有争议的美德的美德，甚至包括英雄主义；然而，总体的人继续在互相欺骗、撒谎、私通、偷盗、嫉妒、杀戮。犯罪率不低于现在。相反，生活却变得无可比拟地更加艰苦、残酷和不公正，因为，总的智力水平比较低。

十一

现在，我们试试就道德的第三种状态略作阐述。这第三种状态，或者，愿意的话，也可以称之为第三种道德，包括从为我们的物质和精神上的幸福所必需的见识的美德，直至英雄品质、牺牲、善良、爱情、正直、心灵的崇高在内的全部内容。当然，见识的道德虽说在某些方面，比如利他主义方面，也能走得相当远，却总是缺少点儿崇高、无私，尤其是缺少什么我说不清楚的能力，能使它和生活无可争辩的奥秘直接关联的力量。

如果说，像我们曾经暗示的那样，我们的见识很可能只适应极小的一部分现象、真相和自然法则，它把我们相当可悲地孤立在这个世界上了，那么，在我们身上，却还有别的和宇宙的未知部分神奇地相适应的能力，这些能力仿佛是特地为了让我们能够理解，或者至少是接受和容忍对它们的重大预感，即是想象和我们理智的神秘巅峰而赋予的。我们白干和白说了，我们从来都不是，现在依然不是什么纯粹合乎理性的动物。在我们身上，我们智力的推理部分之上，有整整一个区域，它适应其他事物，随时应付未来可能出现的意外，等待着未知的事件的发生。我们才智的这个部分，我将称之为想象力或神秘的理性，在我们对自然法则可以说还一无所知的时候，便先我们而行，走在我们不完善的认识之前，并且使我们合乎道德地、社会地、情感分明地生活在高出于我们的认识很多的水平上。现在，我们已经让这些认识在黑夜中走出了几步，在刚过去的几百年间，我们理顺的混乱比过去一千个世纪还要多，现在，我们的物质生活仿佛已经达到了得以确定和保障的程度，这能是使这种能力不再走在我们前面，或者使之向见识后退的一条理由吗？难道就没有正正当当的理由能相反地促使它更向前进，以恢复相应超前的正常距离吗？我们失去对它的信念是正确的吗？能说它阻碍了人类的什么进步？也许它曾不止一次地把我们引上歧途，然而，它那些枝丫横生的错误，在迫使我们在前行路上出现迂回的时候，却给我们揭示了更多的真相，是我们谨小慎微的见识原地踏步中决然意想不到的。生物学、化学、医学、物理学上最成功的发现几乎全都发端于出自想象或神秘的理智的假设，经见识的试验加以确定的假设，然而，这些假设却是潜心于有限的方法的见识所绝不得见的。

十二

在严格的科学里，想象和神秘的理智仿佛首先得被驱赶下台，也就是说，我们展开在见识之上的理智部分不会下结论，把巨大而正当的份额分给犹豫和未知事物的种种可能。竟可以说，我们的想象和我们的神秘的理智尚拥有名誉地位。它们在美学上依然几乎完全地占主导地位。何必不让在严格的科学和美学之间占有中介区域的道德说话呢？毋庸掩饰，如果它们不再来帮助见识，如果它们放弃了延续它们的工作，我们道德的巅峰便会整个儿地突然塌陷。从英雄、智者，甚至大多数普通的善人所超越的某条线出发，我们道德的整个上层都是想象的结果，并且从属于神秘的理智。理想的人，犹如最渊博、最广大的见识造就的那种，还达不到，甚至完全达不到我们想象中的理想人的水准。想象中的理想人较之无限地站得更高，更慷慨、更高贵、更无私、更能爱、更克己、更忠诚和更能作出必要的牺牲。需要知道的是谁对谁错，谁有权继续存在。或者不如说，需要知道的是会不会出现什么新的事实使我们得以提出这个要求，并且怀疑人类道德的古老传统。

十三

我们在哪里能找到这个新的事实呢？在科学新近给我们作出的启示中，有没有哪怕是一个启示，能允许我们删除，比如，马可·奥勒留①向我们提议的理想的什么东西？一点点征兆、一点点迹象、一点点预感会导致我们考虑迄今引领正义的原始思想该变换方向了吗？会引起我们怀疑人类的善良意愿的道路是歧路吗？是什么新发现向我们宣布摧毁我们意识中所有超越了严格而言的正义的时刻到

---

① 马可·奥勒留（121—180），罗马皇帝，161 年至 180 年在位。——译者注

了？所谓严格的正义，也就是那种在社会生活所必需的美德里尚无名称的美德，它们仿佛是弱点，却在把朴素诚实的人变成真正的深沉的善人，是摧毁它们的时刻到了吗？

那些美德，他们会对我们说，以及别的历来构成崇高灵魂的芳菲的一大堆美德，那些美德，在一个不再像目前物种还未发展完善的星球上那样必须为生存而斗争的世界里，也许还会待在原地。在这之前，这些美德中的大多数，当着根本就不在乎它们的人们之面，使实施它们的人们无能为力。它们为不甚善良的人们的利益，阻碍本应成为最优秀的人们的发展。它们把美好的，然而是人类的、独特的理想，和一般的生活理想对立起来；而这种限制较多的理想注定未战先败。

反对意见貌似有理：首先，这种所谓的为生存而斗争的发现，寻求某种新道德的源头的发现，说到底只是发现了一些新的词语。给远古的法则一个罕见的名称不足以使人类理想的根本转向合法化。为生存而斗争是有了我们这个星球以来就存在的。当我们用一个称呼，词汇的一时任性在半个世纪前便可能有所改变的称呼装扮它的时候，它的结果并没有一个出现更改，它的谜也没有一个被揭开。再者，还应该承认，如果说，这些美德有时会让我们在对此毫无概念的人们面前束手无策，那也只是在一些完全无碍于大局的战斗中。谨小慎微的人肯定会被不是这样的人所骗，过于深情、过于宽厚、过于忠诚的人则会为不是这样的人而遭罪受苦，然而，这能被称作是后者对前者的胜利吗？这种失败对最优秀的人们的内心生活能有什么损害呢？他会在失败中失去一些物质上的优势，然而，如果他让展开在见识的道德那边的整个区域流于荒芜，他失去的就要多得多了。能丰富其感觉者即能丰富其智慧，那便是人类特有的力量，这种力量必将以获胜告终。

十四

再说，如果有某些一般的想法能从使现代人的思想产生幻觉的半发现、半真相的混沌状态中脱颖而出，这些想法中却没有一种能够说明大自然赋予每个生物种类所有必要的天性，使之能完成其命途了？而有哪个时代，它没给予我们某种道德的理想？这种道德的理想，不管是在最原始的野蛮人那里，还是在最有教养的文明人那里，都对见识的结论持有相应的、显然是同等的超前。野蛮人，和身份较高的文明人一样，不较之贫困生活的利益和经验所要求的更加无限地慷慨、无限地忠诚、无限地忠于自己的诺言吗？难道不正是多亏了这种本能的理想，我们才得以生活在一个以不可避免的艰难生活为借口使恶占有实际优势，然而善和正义的思想却越来越不容置辩地占有主导地位，且作为这种思想的明显和普遍的形式，公众意识变得越来越强劲和自信的环境里吗？不正是多亏了这种理想，使某一群体（比如，在剧院）的道德远远高出于构成它的单位的道德吗？

十五

也许最好是就我们本能的权利一劳永逸地达成共识。我们已不再容许对我们不管是何种的低级本能表示质疑。我们能够通过把它们归并于大自然的某个重要法则，使它们合法化和高尚起来。为什么和爬行在我们感官最底层的本能一样无可置疑的某些比较高级的本能，却得不到同样的特权？难道就因为它们联系不上两三种动物生活的原始需要，就得被否认、怀疑和视作空想？从它们存在之日起，它们就很可能和别的本能一样，对完成我们前途未卜，因而，不知什么有用、什么无用的某种命途是不可或缺的，不正是如此吗？而且，从此，帮助它们、鼓励它们，最后，承认我们生命的某些部分已逃出其权限控制，不正是它们的天敌，我们的见识的职责吗？

十六

我们首先必须发展自身的，我们所从属的生物类的特点。尤其是使我们最为不同于周围生活中所有其他现象的特点。在这些特点中，最为人所共知的也许不是我们的智慧，而是我们的道德向往。这些向往中有一部分来源于我们的智慧。然而，另有一部分始终先于这一部分，因而始终显得是独立不羁的，由于在自身见不到明显的根子，便在别处，不管是什么地方，不过首先在宗教里，寻找了一种促使它奔向更远处的神秘本能的解释。今天，宗教已经没有了解释什么东西的长处，事实却并不因此而不复存在。我也不信我们有权将我们内心存在的区域，就为了满足我们智力的推理器官而一笔勾销。再者，所有的一切相互依赖、互相帮助，即使在本能、官能和人类向往的神秘中，它们仿佛在相互争斗。当想象力抱有某种我们的智慧觉得与生活实际不符的理想时，我们的智慧也能直接得益于它为想象力作出的牺牲。几年来，我们的智慧已过多地被认为能自给自足。它需要我们全部的力量、全部的感觉、全部的激情、全部的无意识，需要站在它一边和反对它的一切，以求得在生活中的展延和繁荣昌盛。然而，我们心灵的高度的不安、深重的痛苦和高贵的欢乐，对它来说，却是超乎必需的养分。对它来说，这些东西才真的是洒到百合花上的天落水，晨曦中玫瑰花瓣上的露珠。它应该知道在它无法全部理解的这个心灵的某些欲望和梦想前，俯首和默默地走过，这个心灵蕴有不止一次地引导它走向真理的光明，它徒劳无益地在它的思维里穷极天涯地求索的真理。

十七

我们是一个不可分割的精神整体，只是在我们研究智慧的思维、心灵的激情和感受时，为了陈说的需要，我们才能予以分离。

任何人都或多或少地是这种虚拟分割的受害者。人们年轻的时候总以为自己年长了会看得清楚一些。他们以为自己的情感，哪怕是最宽厚的，都会遮蔽和搅乱思维，带着我不知道是什么的希望，他们考虑，当思维能独自制御梦想和平息下来的感官时会跑多远。而到了老年，看问题清楚了，智慧却已没有了对象。它已经无所事事。它运转在空虚中。就这样，在这种分割的结果最为明显的领域里，我们看到，一般来说，老年时的作为还不如青壮年时期的作为，虽说那时经验少多了，知道的东西也很少，但那时，智慧神秘和陌生的力量还没被扑灭。

十八

现在，如果有人问我们，我们所说的，然而却没有下定义的这个高级道德究竟有哪些训诫，我们的答复是，这种道德设定一种思想或心灵状态，并没有严格表明的训诫法规。构成其本质的是在我们自身培养公正和爱的强有力的理想的真诚和强烈愿望，它始终高于由我们的智慧最明确、最宽厚的各部所制定的理想。可举的例子很多，我仅举其中之一，处于我们种种忧虑的中心，相较之下，其余种种都已不再重要的这个例子，当我们像这样说及高级、高贵的道德和完美的德行的时候，把我们当成罪犯一样质询，突然发难，问我们："那么，我们生活在其中的那个不公正，您什么时候能让它结束呢？"我只举这个例子。

是的，我们全都拥有比他人更多的东西，我们多少比别人富裕，与所有赤贫的人相反，我们生活在较之源自滥用暴力的更为深沉的不公正之中，因为我们滥用一种甚至是不现实的力量。我们的理性为这种不公正感到遗憾，然而却在解释它、原谅它，声称它是不可避免的。它向我们指出，我们的公正在寻找的迅速见效的药物是不存在的，任何过于激进的药物都将带来（尤其是给我们）比它所谓治愈了的更加残酷、更让人失望的病痛。理性最终向我们证明这种不公正是器质性的、固有的和符合所有的自然法则的。我们的理性也许有理，然而，比它深刻得多、肯定得多地有理的是我们的宣布它为不正确的我们对公正的向往。即便这种向往没有行动，它强烈地感受到了极不公正，就算对现在并无益处，至少对将来是有用的。而且，如果说它不会再导致放弃和勇敢的牺牲，这绝不是说它没有那些最佳信仰的理想高贵和可靠，而是因为它除了尽心尽责，并不许诺别的报偿，这些报偿恰恰是迄今仅有某些英雄所理解的，漂浮在我们的智慧之外的重大预感力求使我们理解的报偿。

十九

其实，我们所需的训诫极少！……也许只有三四条，最多五六条，一个小孩子都能给我们。首先还得理解它们，而我们所谓的"理解"，一般来说，仅仅是某种观念的生活的发端。如果这样便足够了，那么，所有的智慧、所有的特点便不分优劣了。因为，所有的人，即使智力极低，也都能理解足够清楚地向他解释的浅显的一切。自以为理解真理的人智力有高低，因此在理解方式上，程度也有所不同。如果我，比如说，向某个爱虚荣的聪明人指出他的虚荣的幼稚之处，向某个能够觉悟的利己主义者说明在他的利己主义中的过分和可憎的地方，他们会心悦诚服地承认，甚至会比我所说走得更远。因此，毋庸怀疑，他们已经听懂了。然而，几乎可以肯定，他们会我行我素，仿佛他们刚承认的真理连末梢都没扫过他们的大脑。相反，如果这些真理，也用同样的词语，哪天晚上进入另一个人的耳朵，一下子穿越他的思维，直达他的心灵深处，会搅乱他的生活，移动他所有的轴线、所有的杠杆，改变他全部的欢乐、悲伤和行动目标的位置。他的理解就更深刻，仅此而已。因为，只有在我们不可能不使我们的生活适应某个真理的时候，我们才能庆幸已经理解了这条真理。

二十

为了返回这一切的中心议题，做一个概述，让我们承认维持我们所称的见识和其他官能，以及我们生活中的情感之间的平衡是必须的。和我们以前的作为相反，今天的我们为了见识的利益而过分倾向于打破这种平衡。当然，见识有权比任何时候都更严格地监督超越它所推断的实际结论的一切，其他力量为它带来的一切；然而，它只有在肯定这些力量出错的时候才能阻止它们行动；并且，在予以肯定时，它必须对自己负责，遵守它自身的法则，从而变得越来越谨慎。然而，如果它能得以确认这些力量在赋予某种意愿、某些神圣而确切的次序以在它们自身显示出来的大多数现象中出了差错，如果它有责任，通过，比如，从我们的道德理想中去除一大堆枯燥无味的危险的德行，纠正种种由这个原始错误引起的次要错误的话，那么，它就不会否认存在着同样的现象，这些现象或者来自于某种高级本能，来自于我们身上比个人生活无限强大的类的生活，或者来自于另一种不可理解的源泉。总而言之，它不会把它们当成幻象，因为，如果这么看的话，我们就会怀疑这位最高审判者，于四面八方遭到大自然的精灵和宇宙不可思议的法则的反驳而不暇应接的最高审判者，是不是比它渴望摧毁的幻象更虚幻了。

二十一

就触及我们的道德生活的一切事物而言，我们还能选择我们的幻象；即便是见识，也就是科学精神，都不得不承认这一点。因此，就幻象而言，我们接纳下层的，不如接纳上层的。上层的幻象，不管怎么说，使我们达到了目前所在的高度，而当我们回眸我们的出发点，史前人的阴森可怖的洞穴，我们应该对上层的幻象怀有某种感恩之心。另外那种下层的幻象，也就是见识的幻象，迄今为止，只有在上层幻象的陪伴和支持下才经得住检验。它们还不曾单独行走过。它们在黑夜中迈出最初的几步。它们自称在引导我们走向有规律的、确实可靠的、有分寸的、权衡精确的舒适，走向物质的赢得。也就是说，它们负责这类幸福事宜。然而，它们并不认为要做到这样，即必须把所有迄今构成我们意识的英雄的、傲慢的、不倦的、喜欢冒险的力量，作为一种危险的重负丢进大海。给我们留下一些奢侈的美德吧。给我们的博大的情义留点空间吧。今天，严格地来说，这些美德和情感并非不可或缺，然而，它们却很可能是人类完成"为生存而斗争"阶段中最艰苦的历程后，繁荣昌盛的一切的根子。我们还应该保留某些奢华的美德，以取代那些因为无用而被我们抛弃了的德行，因为我们的良心需要训练和养分。我们已经抛掉了许多确实有害，然而，至少维持着我们的内心生活的约束。自从我们承认被咒骂了二十个世纪的肉体行为是自然的和合情合理的以来，我们已经不再纯洁。我们不再出去寻觅顺从、苦修、献身，我们不再心灵卑微、智力贫乏。鉴于这些德行取决于一个正在式微的宗教，这一切颇合情理；可这个位置不宜空着。我们的理想不再要求制造出一些苦行者、童贞女、殉道者，然而，信仰另辟蹊径，激励过那些人的精神力量应该仍然是完好无损的，对想要走得比简单的公正更远的人仍是必需的。即在这种简单的公正之外，寄希望于未来的人们的道德肇始。正是在我们意识的这个也许梦幻，但绝不虚幻的部分里，我们应该适应和感到满足。而且，相信我们这么做不会上当是有道理的。

二十二

人们的善意值得赞美。他们随时准备放弃所有自以为是特殊的权利，放弃他们所有的梦想和所有幸福的向往；就像他们中的许多人，已经放弃了他们死后的全部希望，这并不是说他们绝望了。他们早已顺从，满足于看到他们子子孙孙代代相传，没有目标，没有使命，没有前景，没有未来，如果这便是生活的某种意愿的话。我们意识的力量和骄傲最后一次表现在这种接受和信奉之中。然而，在最终做到这一点之前，在凄惨如斯地认输之前，我们要求拿出证据是正确的。而迄今为止，这些证据仿佛都反过来矛头指向提供证据的人了。不管怎么样，什么都还没定。我们还在悬而未决之中。认定旧的道德理想因为宗教的消失而消失的人们完全搞错了。根本就不是宗教造成了理想，而是理想产下了宗教。宗教式微或消失，它们的源头却依然存在，它们能寻找别的河道。总而言之，除了某些矫揉造作和多余的德行理所当然地会在大多数宗教信仰的转折点上被抛弃之外，我们古老的雅利安人①的关于公正、意识、勇敢、善良和荣誉的理想依然毫发无损。只需向它进一步靠拢，最紧密地接近它，较有效地实现它就行。而在超越它之前，我们还有星光下的崇高而漫长的道路要走。

---

① 史前居住在今伊朗和印度北部的一个民族。——译者注

拳击赞

　　在我们理性的种种忧虑中，有时，我们还是应当关心一下我们的体能，特别是最能提高身体的力量、灵敏度和健美的素质训练，练出威风凛凛的体格，随时准备应付生活的诸多苛求。

　　在这个问题上，我想起不久前，由我的课题所引起的，在讲到用剑的时候，我对大自然给予我们的唯一的特有武器——拳头，表现出相当的不公正。在此，我就想纠正这个错误。

　　剑和拳头互相补充，如果这样描述比较高雅的话，它们能构成十分和谐的一对儿。然而，剑只是或者只应该是一种特殊的兵器，一种 ultima et sacra ratio[①]。剑通常是不该使用的，除非采取了严格的防范措施和完成了与可能导致判处死刑的诉讼案件的程序相当的礼法。

　　相反，拳头却是日常使用的武器，人类特有的武器，有机地配接在我们肉体的灵敏度、抗力、攻击和防御机构上的唯一的武器。

＊　　　＊　　　＊

　　确实，认真自检下来，我们还得老老实实地把自己排列在创造

---

① 最后的神圣的理由，即武力。——译者注

物中最缺乏保护、最赤裸、最脆弱、最容易破裂粉碎的生物之中。比如，拿我们和昆虫相比，它们便拥有十分了不起的进攻工具和披着十分神奇的甲胄！您瞧，就拿蚂蚁来说吧，您可以在它身上堆起是它体重一两万倍的东西，它依然不会觉得不便。您再瞧瞧鞘翅目中最虚弱的鳃角金龟，称一称在它的腹部环节被压裂，鞘翅甲壳出现弯曲前，它能承受多大的重量。鞘翅类昆虫的抗力，竟可以说是无限大。因此，与它们相比之下，我们，以及大多数哺乳类动物，我们却是一些未凝固的、胶状的、十分接近于原生质的生物。只有我们的骨骼，就像给我们定型的草图，还有些坚固。然而，这副骨骼可怜巴巴的，就像是个小孩子搭起来的架子一样！看看我们整个骨架的基础，我们的脊柱，一块块椎骨之间连结马虎，能支撑下来真是出于奇迹了；而我们的胸廓，它就是一个悬伸物系列，让人只敢用指尖轻轻触碰。然而，正是为了对付这种结构松散、柔弱，仿佛是大自然做失败的试验似的机体，对付这可怜的、生命试图从它的四处逸出的人体，我们设想出了种种足以自我摧毁的武器，即使我们拥有神奇的甲胄、惊人的力量和最不易摧毁的昆虫才有的不可思议的生命力也没用。在此，无可否认，存在着十分奇怪、令人困惑的谬误，纯属人类的原始疯狂。这种疯狂远不是在好转，而是逐日严重。为了返回其他所有生物都遵循的自然逻辑，如果说允许我们在对付不同种类的敌人时使用特殊武器的话，那么，在我们，人与人之间，我们只应该使用由我们的身体提供的进攻和防御手段。在一个严格服从大自然意愿的人类中间，像公牛的角、狮子的利爪和牙那样属于人的拳头便足以满足我们自卫、公正和复仇的全部需要了。一个比较明智的种类会禁止所有别的斗争方式，否则当以违反人类基本法则的不可饶恕的罪行论处。经过几代的努力，我们便能做到像这样推广和实施对人类生命的某种敬畏了。集中军人荣誉的全部希望的激烈的拳斗实践是符合自然意愿确切涵义的何等敏捷的选择啊！而这种选择，总之，是我们唯一应该关心的真正重要的东西，正是我们对人类应尽的首要的、最巨大最久远的义务之一。

*　　*　　*

在此期间，拳击的研究给予我们极好的谦卑的教训，并且将相当令人不安的光芒投射在我们某些最可贵的本能的衰退上。我们很快便发现了，在与四肢的使用有关的所有问题上，诸如灵活、机巧、肌肉力量、抗打击能力，我们已经堕落到哺乳动物或两栖类动物的最底层。就这个观点而言，我们在包罗万物的等级里，只能在青蛙和绵羊之间占有一个卑微的位子。马蹬腿、公牛顶角和狗用牙齿咬都一样机械地、就解剖学而言地不可完善。再怎么教，天生武器的本能使用都不可能改进。然而，我们，"人类"，灵长类中的佼佼者，我们竟不会出拳！我们居然不知道什么才是我们人类的武器！在师父尽心尽力、有条不紊的教诲之前，我们竟完全不知道在手臂上调动和集中我们肩膀和髋部的相对强大的力量。看看两个车把式、两个农民是怎样打架的吧：没有比这更可悲的了。先是一阵丰富多彩的持久的谩骂和威胁，然后，互相掐脖子、揪头发，随意踢踢脚、顶顶膝盖，又咬又抓，纠缠在僵持的狂怒里不敢松手，这时，如果两个人中有一个挣脱出一条手臂，他便会盲目地，并且往往是落空地急急挥舞，乱捶乱打一通，没有目标，也没有力量，要不是谁，处于下风才想起，从口袋里几乎是出于本能地突然掏出不合规矩的刀子，争斗便不会结束。

您再看看两名拳击手对仗吧：没一句废话，也不用探索，也没有愤怒，他们因为确实地知道自己该干什么而十分冷静。强健的防卫姿态，男性肉体最美的表现之一，这种姿态合情合理地调动起了人体的每一块肌肉。从头到脚没有一丝一毫的力量会无为地丢失。全部力量的极点便在这个或那个拳头上，使粗大的拳头能量超载。而进攻时是那么高贵朴实！三下，绝不拖泥带水，百年经验的结晶，精确地淘汰了外行随心所欲的上千种无益的可能。臻于完美的综合性三拳，不可抗拒。一旦其中一拳明确击中对方，比赛便以胜者完全的满足告终，胜者胜得如此确凿，使他再无欲望滥用他的胜利，而败者只是被逼得在必要的时间里无力还手，失去判断力，以蒸发掉他全部的仇恨，没有危险的损害。这位败者很快便会无所大碍地站立起来，因为他的骨骼和器官必然不折不扣地能适应把他击倒的人体武器的力量。

＊　　＊　　＊

这可能看似反常，然而，我们也很容易发现拳击艺术，在普遍地实施和使之发展的地方，已成为和平和宽容的保证。我们好斗的神经质，惕惕戒备的敏感性，多疑的虚荣心在其中作怪的持久的警觉，这一切实际上是由无能为力和体格低劣的感觉而来的，它戴着骄傲和易怒的面具，勉为其难地把这种警觉强加到我们周围不公正和心怀叵测的粗人身上。在进攻面前，我们越觉得无力对抗，便越会受到某种欲望的折磨，这便是想向别人证明和使自己信服，侵犯我们的人必将受到惩处。惊恐的本能，卷缩在挨打的躯体深处，更其不安地考虑的是争吵到什么时候才能结束，勇气因此更加敏锐，不肯让步。如果危机恶化，这可怜的本能会怎么做呢？人们在危难时刻，指望的便是它啊。进攻的忧虑、防御的思考全都转归于它。然而，在日常生活中，我们总是让它远远地撇开一边，做决定时从不听取它的意见，以至现在叫唤它的名字，把它从退隐处叫出来，它竟似禁闭日久的囚徒突然见到阳光似的感到眼花缭乱。它会采取怎样的行动？该击打何处，眼睛、肚子、鼻子、太阳穴，还是颈部？选用什么武器，脚、牙齿、手、手肘还是指甲？它已经无所适从了。它游弋在那即将遭到损坏的可怜的躯壳里，惊慌失措，扯着勇气、骄傲、虚荣、自豪、自尊这些大老爷们的袖子，这些大老爷们派头十足，却不负责任，反使难以对付的争吵更加激化；争吵经无数荒唐可笑的转折，最后以笨拙的、盲目的叫喊撕打告终，手脚并用，哭哭啼啼，又可怜，又幼稚，却极其无效。

相反，双拳紧握正义，知道它源自何方的人，根本就不需要考虑这些问题。他知道，一劳永逸地知道。容忍，像一朵平静的花儿，来自他理想的，然而是十拿九稳的胜利。最粗鲁的侮辱都已改变不了他那宽厚的微笑。他平心静气地等待着最初的暴力，并且能对伤害他的一切沉着冷静地说：“您就到此为止吧！”到必要的时候，就那么神奇的一招便止住了蛮横无理。出这一招有何意义？他甚至都不再考虑，因为，效果是那么肯定。在忍无可忍的关头，带着击打一个没有防御能力的孩子的羞愧，他最终下决心向强壮、粗鲁的家伙举起灵验的手，事先已经在为太容易取得的胜利而抱憾了。

关于李尔王

我们不难看出，最近这些年，尤其是从伟大的浪漫主义时期以来，诗歌王国——自从史诗大片然而是无法居住的领地最终地失去以来，我们已很少进入的这个诗歌王国，在逐步缩小，目前已缩小到只剩下穷山僻壤几座小镇了。在那里，诗歌仍将苦苦挣扎，顽强生存着，坚定不移地以纯洁和浓烈赢取它在其他地方，范围上和数量上所丢失的东西。它渐渐除下无所裨益的说教、描绘和叙述的装饰，以便很快就只剩下它自己，也就是说，能为我们启示沉默所隐匿的、人类言语已然无法陈述的、音乐又尚未表达的东西的那个唯一的声音。

*　　*　　*

那里将永远都有抒情诗。抒情诗是不死的，因为它不可或缺。然而，未来，甚至现在，我不说为剧作家或编剧，我说，为严格意义上的悲剧诗人，为努力在作品中表现比现实生活更伟大、更美丽的事物，维持一定激情的诗人们，保留着怎样的命运呢？

可以肯定，古希腊的抒情悲剧，诸如高乃依①和拉辛②撰写的古典悲剧，德国人和维克多·雨果③的浪漫主义悲剧，从现今已彻底枯涸的源泉汲取了他们的诗情。大型民众剧，人们曾以为从中能发现未知的、取之不竭的源泉，迄今却依然成绩平平。而我们取代了其他奥秘的现代生活的新奥秘，易卜生④曾试图在这方面作一些探索，这些奥秘近来和人们直接接触，以便求得升华，明显而有效地左右剧中人物的言行。然而，毋庸遮掩，人类诗的天性对此始终早有预感，戏剧只有在高于生活、美于生活时才确确实实地有真实性。

* * *

在期待着诗人们知道何去何从之前，且让我们看看，拓宽真理而并不使之变形的戏剧中成功最难得的范例之一，它历经三百年却依然完全地保持着苍翠和活力，这里，我想说的便是莎士比亚⑤的《李尔王》。

---

① 比埃尔·高乃依（1606—1684），法国第一位古典主义戏剧大师，作品很多，代表作有《熙德》《贺拉斯》《西拿》《波里耶克特》，尤以《熙德》为传世之作。——译者注
② 让·拉辛（1639—1699），法国最具代表性的古典主义悲剧大师，代表作有《安德罗马克》《菲德拉》等。——译者注
③ 维克多·雨果（1802—1885），我国读者极为熟悉的法国诗人、小说家、文艺评论家、政论家，其实他还写过不少脍炙人口的剧本，如《爱纳尼》《国王寻乐》等。——译者注
④ 易卜生（1828—1906），挪威戏剧家、诗人，现代欧洲戏剧的先驱之一。戏剧作品甚丰，均为散文剧，如大型十幕剧《皇帝和加利利人》。——译者注
⑤ 莎士比亚（1564—1616），可以说是世界文学史上最伟大的诗人、剧作家。四大悲剧《哈姆莱特》《奥赛罗》《李尔王》《麦克白》奠定了他的丰碑。李尔王是传说中的不列颠国王，莎翁用之为主人公，剧本主题是："对于任性的人，他们自己招致的伤害必须是他们之师。"（二幕四场301行）。作者写这篇文章时，《李尔王》是评论界十分热衷的话题。——译者注

不久前我曾稍加夸张地说过，——因为，在复活他的一部杰作时，和欢欣鼓舞的莎士比亚的狂热崇拜者们轻松而美妙的接触之初，不作一点夸张是不可能的，——我们可以肯定，读遍各个国家、各个时代的文学作品，老国王的悲剧构成了最强有力、最宏伟、最动人、最激烈的前所未有的戏剧诗歌。如果在别的星球上有谁问我们，人类戏剧中具代表性的、综合的原型，实现了最高超的戏剧诗歌的理想的剧本是哪一个，我相信，经过对地球上所有诗人的评议，在这种情况下，最有鉴赏力的仲裁者们会一致认定《李尔王》。不会有片刻犹豫于希腊戏剧的两三部杰作之间；或者，实际上，莎士比亚的作品只有他自己的作品能与之媲美，为此提出他天才的另一个奇迹：丹麦王子哈姆莱特的故事。

＊　　　＊　　　＊

《普罗米修斯①》《俄瑞斯忒斯②》《俄狄浦斯王③》是三棵参天大树，然而，它们是孤立的；不像《李尔王》是一座茂密的森林。我们姑且承认莎士比亚的诗作不是那么清楚，看上去不很和谐，行列不很纯，就通常意义来说不是十全十美；就算它的缺点和它的优点一样多，所剩之处仍无碍于它以数量之多、敏锐、精练以及它所蕴含的惊人的

---

① 希腊神话中的巨神，由于为人类盗来天火，遭到主神宙斯的惩罚。——译者注
② 或译奥列斯特，希腊神话中迈锡尼王阿伽门农之子，曾杀母为父报仇。——译者注
③ 底比斯国王俄狄浦斯企图逃脱宿命，却又轻率地朝自己的命运奔去，终至杀父娶母。这里所指是公元前五世纪索福克勒斯所著的悲剧，曾被亚里士多德称为悲剧形式的典范。——译者注

悲剧美胜过其他所有诗人的作品。我清楚，一部作品的总体美是不能用重量和体积来估计的；雕塑像的三维和它的美学价值毫无必然的关联。然而，我们还是不能否认丰富的内涵、变化和广度能够为美增添生机勃勃和不同寻常的因素；单独的一尊不大的、神态平静的雕塑像毕竟比激情飞扬，然而互相协调的二十尊雕塑群容易成功；撰写一个只有三四个人物在里面活动的有感染力的独幕悲剧，总要比创作有一大群处于同等高度的人物活动、持续时间长达五倍，具有同样的悲剧性、同样的力度的五幕剧好写。然而，与《李尔王》相比之下，最长的希腊悲剧也只能算是独幕剧了。

另一方面，倘若再把它与《哈姆莱特》作个比较，很可能它的思想内涵不那么积极、尖锐、深刻、激烈和带有预见性。然而，与之相反，作品的喷发却显得更加有力、更加厚实和更加不可抗御！某些火花，交织在赫尔辛格①要塞上的光芒，就像九泉下的微光，照到和照亮片刻较难进入的黑暗。然而，在这里，烟柱和火焰永远不变地映照着一片夜空。主题比较简单，比较一般，更其正常地有人情味，色彩比较单调，然而，却更崇高、更和谐地壮丽，更持久、更宽广地强烈，抒情更加源源不断、更加充沛、更能引起幻觉，却又更加自然、更接近日常的现实、更亲切地感人，因为它根本就不是来自于思想，而是来自于激情；它包围着一种情景，一种虽说特殊，却到处可能出现的情景，它完全不需要像哈姆莱特这样的形而上学的英雄，就能直接打动人们原始的、几近不变的心灵。

---

① 丹麦港口，莎翁名剧《哈姆莱特》的故事便在这里展开。——译者注

《哈姆莱特》《麦克白》《普罗米修斯》《俄瑞斯忒斯》《俄狄浦斯王》属于比别的更尊贵的诗歌等级，因为它们展开在被某种神秘云遮雾罩的神山上。这便是在杰作排行中，比如，总是无可争辩地把《哈姆莱特》放在《奥赛罗》之上的原因，虽然，《奥赛罗》一样地感人、一样地深刻，也许还更合乎常理地有人情味。它们亏了这座介于天地之间的承载着它们的大山才达到凄切而崇高的力量的最佳状态。然而，如果细细考察这座山是由什么构成的，我们就会发现组成它的要素来自专横多变的超自然，这是来自彼世的东西，以宗教或迷信的不可靠的类别和外表出现，因而是短暂的和局部的。然而，在《李尔王》里，没有就本义而言的超自然，这便使它在人世间的四五部重大悲剧中赢得与众不同的一席之地。居住在想象世界的神祇并不介入行动，就连宿命在剧中都是完全地深藏不露的，它只是属于疯狂的激情。然而，这部宏伟的悲剧在同样高的峰巅展开它的五幕，一样地满载着幻象、诗意和异常的忧虑，仿佛天庭和地狱传统的力量在为增高山峰而比拼活力。原始故事的荒诞不经（几乎所有的伟大杰作，因为要表现必须是极度的、排他的和非常的典型情节，都以一个多少有些荒唐的故事为蓝本）消失在展开故事的那个高度的恢宏华丽之中。请细细研究这个峰巅的构造：它完全是由硕大无朋的人类层理构成的，大块大块的激情、理智、普通却几乎熟悉的情感，由一阵了不起、但却深深切合人类本性中的最人性层面的风暴搅乱、积聚和堆垒而成。

因此，《李尔王》在悲剧名著中依然是最年轻的，唯一没有因时光变迁而凋谢。我们的善意得作一番努力，遗忘我们的处境和目前为我们确信的事物，才能真诚地完全地被《哈姆莱特》《麦克白》《俄狄浦斯王》的情景所感动。相反，受到嘲弄的老人和父亲的愤怒、痛苦的吼叫、异常的诅咒却仿佛发自我们的胸臆和我们今天的理性，在我们自己的天宇下升华，且就构成我们星球的精神和情感氛围的全部深刻的真理而言，对此，没有丝毫重要的东西可添加或删除。今天，要是莎士比亚回到人世间，来到我们中间，他已经不可能写出《哈姆莱特》或《麦克白》。他会感到，那些曾是他诗歌根基的阴郁高贵的原始思想已负载不了它们；但是，他却不用更动《李尔王》的一个场景或诗句。

*　　*　　*

最年轻、最不变质的悲剧也是历来作品中最有机地抒情的戏剧诗歌，世上唯一一次都没被华丽的辞藻损及其真实性和对话的淳朴的诗作。没有哪位诗人不知道，在戏剧中，既要图像美又要表达淳朴几乎是不可能做到的。我们不能否认，任何舞台，不管是演出最高级的悲剧，还是最通俗的喜剧，都绝不会，如同阿勒弗莱·德·维尼①所指出的那样，只是两三个人物会聚在一起议论他们的事务。因

---

① 阿勒弗莱·德·维尼（1797—1863），法国浪漫主义诗人、小说家、剧作家，对浪漫主义之后的诗歌流派有重大影响。他对莎士比亚有浓厚兴趣，曾把《奥赛罗》改编为《威尼斯的摩尔人》。——译者注

此，他们必须说话，以便给予我们戏剧必不可少的幻象，现实的幻象，他们必须尽可能地不要离开平庸的日常生活中所使用的言语。可是，在这种相当基本的生活里，我们几乎永远都不会用闪光的、深刻的语言来表达我们的内心世界。如果我们平常的思想介入到宏伟华丽的戏剧场景、自然最高级的奥秘中去了，它们在我们身上却依然处于潜伏状态，处于梦幻、概念、无声的情感状态，最多也只是偶尔从一个词、一句比惯常似确有之的谈话中使用的语言更准确、更崇高的话泄漏出这种情感。然而，戏剧几乎丝毫不能使用生活中听不到的语言，结果便是生活的整个上层部分依然无法表现，否则便可能撕破不可或缺的幻象的面纱。因此，诗人所能选择的，要就是抒情，要就是纯粹的口若悬河，然而却不真实（这便是我们的古典悲剧、维克多·雨果和法国、德国所有浪漫派诗人的戏剧的谬误，歌德的某几场戏例外），要就是朴实，然而干巴巴的，淡而无味、毫无诗意。莎士比亚没有幸免这种选择的危险。比如，在《罗密欧与朱丽叶》和他的大多数历史剧里，他陷入了华丽的辞藻，不断地为富丽堂皇的外表和大量的隐喻，牺牲确切性和独白及对白所必需的平庸。

*   *   *

相反地，在他的伟大的杰作中，他却一点都没有搞错；然而，他用来攻克难关的方法本身揭示出了问题的全部严重性。他只有借助他一贯使用的某种手段，才能做到这一点。他似乎认定，一个主角，在舞台上侃侃而谈他的内心生活，只有在他被看成现实生活中的疯子时，才可能显得真实和合乎人情（因为，众所周知，只有疯子才会这样暴露自己的内心世界）。有鉴于此，莎士比亚一板一眼地撼动他那些主角的理智，从而打开拦住情感的洪波大涌的堤坝。这样，他就能通过他们的嘴巴自由说话，美充斥着整个舞台，不用担心人家说那不是它的位置了。与此同时，和中心人物的疯狂相应地，他的主要作品中的抒情也多少地比较高尚，比较宽广。就这样，在《奥赛罗》和《麦克白》里是断断续续和克制的，因为考德的大乡绅①的幻觉和威尼斯的摩尔人②的愤怒都只是激情的爆发。在《哈姆莱特》里则是缓慢和深思的，因为赫尔辛格的王子的疯狂是麻木的和沉思默想的。然而，在《李尔王》里则无处不激情洋溢，倾盆而下，连绵不断，无法抵御，巨大神奇的画面互相碰撞，海洋、森林、风暴和星星，因为，被剥夺殆尽的绝望的老国王极度的神经错乱从第一场一直延伸到了最后一场。

---

① 　即指麦克白。——译者注
② 　即指奥赛罗。——译者注

战神们

　　战争为人们的思虑提供了一个极其丰富和不断更新的主题。唉！它依然相当肯定地是我们大部分精力和发明创造聚焦的地方。它们把战争变成一面魔鬼的镜子，从反面映照出我们文明进步的空缺。

　　今天，我只想从某个视角来观察战争，以再度确认，随着我们获取陌生力量的某种东西，我们进而也把自己交付给了这种力量。在黑夜里或者假寐中，我们刚刚抓住自然界的一道微光、一个新能源，往往便成了它的受害者，并且几乎永远地成了它的奴隶。就像我们以为自己得到了解放，其实是我们解放了可怕的敌人。确实，久而久之，这些敌人最终会听从引导，并且为我们效力，给予我们再也少不了的服务。可是，其中之一刚套上桎梏，表示顺从，便将我们放在了一个危险得多的对手的踪迹上，我们的命运因而变得越来越辉煌和越来越不可把握。况且，在这些对手中还有似乎是完全无法驯服者。然而，它们之所以依然反抗，也许是因为它们比别人更加清楚如何唤起我们心灵中的恶的本能，这些恶的本能较之我们智力的取得的成就迟了好几百年。

*   *   *

　　*　　*　　*

　　与战争有关的大部分发明更其如此。这正是我们在最近的几次可怕的冲突中所看到的。有史以来第一次，全新的强国，走出百年准备的阴影终于成熟的强国，在战场上部署兵力。直至最近的几次战争，这些强国还只是下到半山腰，保持袖手旁观，远远地摇旗呐喊。它们还在犹豫，是否要出来表现一番，在它们奇特的行为和我们的武力行动之间还是存在着某种关联。步枪的射程超不过目力所及，最具杀伤力的火炮、最可怕的炸药的摧毁能力谨守着人力范围。今天，我们却无法控制局面了，我们已彻底认输，我们的支配地位垮了，我们像沙粒，被交到我们贸然唤来帮助我们的残酷而神秘的强国手中。

　　*　　*　　*

　　确实，任何时候，战争中的人力部分是最不重要、最不起决定作用的因素。荷马时代就已经如此了，奥林匹斯山的神祇们介入特洛伊平原上人的争端，他们几乎隐身在银色的云里，然而却十分有效地驾驭、保护或恐吓武士们。但是，那些神祇尚不是很强大、很神秘。如果说他们的介入是超人的，那么，他们反映出来的外形和心理却是人类的。他们的秘密越不出我们的秘密的狭隘轨道。他们来自我们智慧的天宇，他们有我们的七情六欲、我们的不幸和思想，只是稍微公正、高贵和纯洁。然后，随着人类逐时进步，走出幻想，意识提高了，世界揭示出了真相，陪伴人类的天神也更加伟大，然而，离得更远，变得不那么清晰，也更不可抵御了。随着学习、认识，未知的涌浪淹没了人类的领域。军队的组成和展开，武器的改进，科学的进步和自然力的控制，战争的命运与此成正比地逸出军事首长的掌控，而听从一组被称作机会、偶然、命运的说不准的法则。比如，请看看托尔斯泰笔下对帝国时期典型的重大战役，博罗季诺战役和莫斯科战役令人如临其境的精到描绘吧！两位首脑，库图佐夫和拿破仑，待在离战场那么远的地方，以至他们只能获得战斗进行情况的毫无意义的片鳞半爪，几乎不知道那里发生了什么。库图佐夫作为斯拉夫民族优秀的宿命论者，意识到了"物的力量"。他魁伟、独眼、懒洋洋地坐倒在木棚前一只铺了毯子的凳子上，等着这场冒险的结局，不下一令，就满足于听取或否定旁人的建议。然而，拿破仑却自以为是地指挥着他根本看不到的行动。前一天晚上，他下达了战役的部署。然而，战斗一打响，即是库图佐夫把自己交付出去的这个"物的力量"使这些部署没有一个得以实施。可是，他执着于被现实完全搅乱的想象的方案，还以为下达命令，执行就行了，殊不知机会的决定已处处先他而至，迟到了的副官们惊慌失措，无所适从。战役按照自然划定的轨迹发展，就像一条河流，不顾聚集在两岸的人群的呐喊径自流去。

* * *

然而，在近年战争的将军们中间，拿破仑是唯一一个表面上有人情味的指挥官。协同作战的外国军队已超出拿破仑本身的兵力，这些军队却是由新兵刚刚组建起来的。换上今天，他会怎么做呢？他能抓住影响战役胜败的因素的百分之一吗？现在，神秘的孩子们长大了，突显在我们队伍上空的另一些神祇，他们推动、驱散我们的骑兵，打破我们的阵势，动摇我们的堡垒，弄沉我们的战舰。他们不再具有人类的外表，他们从最初的混沌中显现出来，来自比他们的先行者远得多的地方。而他们全部的威力、法则、意图都在我们的生活圈之外，我们的智力范围之外，在一个完全封闭、对人类命运最最敌对的世界里，无定形的、惰性物质的未开化世界里。然而，正是对这些盲目和可怕的、与我们毫无共同之处、服从于某些像左右着难以置信地遥远的星球那样不为所知的推动力和指令的未知因素，正是对这些难以识透、不可抗拒的能量，我们托付为我们在地球上唯一表现的生命形式专门保留的东西；正是对这些难以归类的怪物，我们委以延续理性和区分正义与非正义的重任……

*　　*　　*

那么，我们的专有特权交给哪些强权势力了呢？——有时，我会梦到我们中有人长了只天眼，能看清周围所有的演变，看得见孪生在漂浮着我们目光的光明里的一切，这种种光明，如果其他感官不予纠错的话，会被我们像盲人般以为是透明的和空无一物的，像盲人似的以为，周围漆黑一片就是空无一物。让我们设想这个天眼穿透我们生存的这个一向仅映照出我们的外貌、动作和思想的水晶球的锡汞齐。让我们设想，有一天，透过幽闭我们的种种外表，我们终于看到了基本现实，而从四处包围着我们，把我们打倒、扶起，驱动、阻止我们前进或后退的看不见的事物，突然揭示出巨大无边、令人毛骨悚然、不可思议的形象，在空间缺陷中确实无疑地覆盖着那些自然现象和法则，对此，我们只能是脆弱的玩具。不要说这只是诗人的梦幻，就是现在，当我们相信这些法则无形无貌，并且那么容易便忘却了它们威力无比和不懈的存在时，我们才是在梦中，在人类幻想的微不足道的梦中。也正是在这个时候，我们进入了浸泡着我们生命的无极限生命的永恒真理。何等沉重的场景，令人惊惧的启示，把人类的能量全部冻结在它虚无的深处！在我们盲目幻象的其他诸多胜利中，比如，您瞧见那两支准备战斗的舰队了吗？就投入的实际兵力来说，几千人就像原始森林里的一小撮蚂蚁般不起眼和无足轻重，几千人自以为在为某种谁都不了解的观念的利益，为掌握和使用它的最不可估量、最危险的法则效力。试试给这些法则中的每一条一个和它的威力、功用相称的、适当的外表或容貌吧。为了让您不要一上来就撞上不可能、不可想象，您如果害怕，不妨先忽略最深刻、最宏大的，例如，战舰和承载战舰的大海，承载大海的陆地，以及所有支撑着陆地的星球服从的万有引力法则。您得探索到那么遥远的地方，在如此的僻远、如此的无限中，某些星球的另一头，去寻找整个宇宙都不足以给予它一个面具，什么样的梦都不可能给予它一个说得过去的外表的构成它的因素。

*　　*　　*

　　因此，我们权且拿最有局限性的法则来说吧，如果还有人知道其局限所在，如果还有离我们最近的局限存在的话。目前，我们暂且满足于这些法则，那些战舰以为服从于它们两侧炮火的法则，看似对我们的努力特别驯服，是我们努力的结果的法则吧。多么可怕的面貌，多么巨大的阴影，即就此而论，我们能把现下至高无上的神祇，刚在战争的神庙里废黜以前的那些神祇的至高无上的神祇，归因于炸药的威力吗？这些迄今还没见到过天日的恶魔，他们是从哪里，从哪个深处、从哪个未测定的深渊突然冒出来的？应该把他们归入哪个恐怖家族，哪个神秘的不可逆料的群体？——麦宁炸药、硝化甘油炸药、混合液体炸药、线状无烟炸药和罗必赖特安全炸药、立德炸药和巴利斯泰特无烟火药，与它们相比之下，我们父辈可怕的老式黑色炸药，为我们概括了最悲惨的神谴的老式黑色炸药，仿佛成了有点饶舌、动辄扇耳光的老太太，婆婆妈妈地几乎不伤人。谁都没稍稍触及您无数秘密的一点皮毛，造成您沉睡的化学家和唤醒您的工程师或炮手一样，完全不知道您的天性、出身、思想、您无数激情的原动力和您突然服从的永恒的法则。您是自远古以来被囚禁的物的反抗吗？是死亡的突然易容，浑身颤栗的可怕的虚无的行乐，仇恨的喷发，还是欢快的过分？您难道是一种新的生活形式，如此热切，分秒间耗尽两千年的耐心？您是新旧世界之谜的一道闪光，在包围着它的沉静的法则里找到了一条裂痕？您是向太空中支撑着我们地球的能量储备一次大胆的借用？您为了向新的命运作出无与比拟的一跃，转瞬间捡起酝酿、转化和积累在岩石、大海和高山的秘密里的一切？您是精神、物质，还是生活中尚无名称的第三种状态？您在哪儿汲取破坏的热狂，在哪儿支撑您劈开大陆的撬棒，使您能超越您的地球母亲实现意愿的繁星地带的冲力来自何方？——对所有这些问题，把您创造出来的学者会简单地回答说"您的力量来自于在大气压力下装在过于狭小的空间里的大量气体的突然产生"。肯定，这便答复了一切，什么都清楚了。我们在此看到了真相的根本，从此，就像对所有的事物一样，我们知道该满足于什么了。

对侮辱的宽恕

不时查考一下某些用不变的外衣遮掩已变的情感的词语涵义不无裨益。

例如，宽恕这个词，乍一接触，让人觉得它是语言中最美好的词之一，它曾经并且现在依然含有我们赋予它的几近神圣的赦免的意义吗？既然它蕴含着一个从未实现的理想，那么，它不是最能表现人们善意的词语之一吗？——当我们对侮辱我们的人说："我原谅您，我不会往心里去的。"这句话的言下之意是什么？——最多无非是我们能够许下的唯一的承诺："我绝不会去找您的麻烦。"其余的，我们以为答应了的，并不取决于我们的意愿。我们不可能忘掉别人对我们的伤害，因为我们最深层的本能，保存的本能直接连着记忆。

突然闯入我们生活的人，我们绝不知道他是何许人也。对我们来说，他仅仅是他自己在我们的记忆里描绘的一个图像。确实，赋予他活力的生活有一张启示性的、难下定义但是能力颇强的脸面。这张脸带有许多允诺，很可能比很快将揭穿它们的言语和行为更深层、更真诚。然而，这个重要征兆几乎只具理想价值。我们这个世界，或者是为环境所迫，或者是因为最初出了差错，很少有人按照他们的存在导致预感的真相生活。长此以往，忧郁的经验教会我们不再在乎这张过于神秘的脸。一个清晰冷酷的面具蒙在这张脸上，带着我们经受的所有事件和行为的印记。善行使之带上迷人的和不稳固的色泽，伤害则使它深深地凹陷下去。实际上，我们看到的这个向我们走来的人仅仅是这张由愉悦或烦恼塑造的面具；而对他说如果他得罪了我们，我们原谅他，也就是向他肯定，我们不承认他。

*　　*　　*

问题是要知道这种无法回避的承认将对我们和侮辱我们的人的关系产生什么样的影响。在此，就像在许多别的问题上一样，我们的善意刚一苏醒，它最初的几步仍是无意识的，它们会把我们引上宗教理想的老路。在这种理想的最上面，我们可以作为象征，竖起冒着生命危险埋葬尼禄①可憎的遗骸的女基督徒的传奇群像。这个女人的行为毋庸置疑地大大超越了人类理性，比古代异教徒们推崇的安提戈涅②的行为更高尚。然而，基督徒的宽容还没达到顶峰。假如尼禄没有死，而是徘徊在最后的生死线上，只有勇敢的救助能挽救他的生命。女基督徒仍然会去救他，即使她肯定地知道，她救回来的这条命将带来迫害。她还能上升得更高：假设，即在这样的焦虑中，她必须在自己的兄弟和将要杀死她的敌人之间作出选择，那么，她只有选择敌人才能达到极致的巅峰。

---

① 尼禄（37—68），罗马暴君，曾下令处死母亲和妻子。——译者注
② 安提戈涅是希腊传说中俄狄浦斯和他母亲因不知情而乱伦生下的女儿。俄狄浦斯得知真相后弄瞎了自己的眼睛，安提戈涅陪他流放，直至他死去。后因偷偷埋葬被国王下令暴尸的哥哥被处死。——译者注

＊　　＊　　＊

这个典范，虽说预期有无限丰厚的报偿，还是十分地崇高，那么，在一个对彼世已不作任何指望的世界上又该怎么想呢？我们会把这三个非凡的时刻中，哪个时刻纵身跳进这三个宽恕的深渊之一的人称作疯子呢？在第一个深渊周围，今天，我们还能见到一些足迹；然而，在第二个和第三个那里，再也没有人失去理智了。我们必须承认，那里有一种已经见不到的信仰的勇敢的交易；然而，去掉信仰后，剩下的，直至这个理想的无理性，某种人性的东西，仍然不少，这种人性的东西似乎是对如果生活不是那么残酷的话便想做的事情的一种预感。

而且，不要以为这类取自想象终端的例子是无益和荒唐的。生活不断地为我们带来情势相当的事物，不那么悲惨，却一样艰难；而最卑微的良心问题的解决，都取决于主持解决最高级良心问题的那个精神。我们大规模地设想的一切，最后有一天以小部分的实现而告终；我们在山谷里要作的选择正取决于我们在山上所作的选择。

＊　　＊　　＊

其实，我们真可以学学像基督徒，给予完全彻底的宽恕。我们并不比基督徒更是这个我们肉眼所看到的世界的囚徒。只要我们作出和他们类似的努力，然而是朝向别的能容我们逃逸的门户的努力就行。基督徒和我们一样，并不忘却侮辱，他们并不力图做不可能做到的事情，但他们首先会在神圣的无限里彻底湮灭仇恨的欲望。这个神圣的无限，稍稍仔细观察，和我们的区别不大。它们两个，说到底，无非是我们在里面挣扎的那个无名的无限的感觉。宗教，可以说，在机械地把所有的心灵提升到我们应该凭借自身的力量达到的高度。然而，由于它所带动的大多数心灵依然是盲目的，它还不想一无用处地给予它们从那些高度能够看到的真理的概念。这是它们理解不了的。它满足于给它们描述它们的盲目熟悉的适当的图画，这些图画，基于极其不同的原因，产生和眼下令我们震惊的真实景象几乎一致的效果。"应当原谅来自他人的冒犯，这是上帝所愿，上帝自己作出了我们能想象得到的最彻底的宽恕的榜样。"这个不用睁开眼睛就能遵循的指令正是整个生活的必需和深层的纯洁，在我们处于足够的高度观望它们时给予我们的那个指令。如果说这个指令不像前一个那样，直至让我们选择救援敌人，因为那是我们的敌人，这并不说明它不那么高尚，而说明它说话的对象是较公正不偏的心灵，是学会了不再仅仅按照做成一件事情的难易程度评价某种理想的智者。比如，在牺牲、忏悔和苦修中，就有一系列越来越难得的精神上的胜利，然而这种胜利实际上并不高贵，因为它们没有上升到人世的氛围，而是陷没在虚无之中，不仅在那里没必要地闪光，而且还常常招致损害。在钟楼塔尖上玩火球的人做的事也很难，但是，谁都不会想到把他无益的勇气和一般没那么危险的、跳进水里或扑进火海去救一个孩子的牺牲精神作比较。不管怎样，我们说到的这个指令也许能比另一个更有效地驱散所有的仇恨，因为它不再来自陌生的意愿，而是在我们看到一个无限宏伟的场景，在这个场景中，人们的行为登上它们真正的位置，获得它们真正的意义时产生于我们自身的。再也没有恶意、忘恩负义、不公正、奸诈，在华丽的、漫无边际的夜晚，由黑暗引领的可怜的生灵骚动着，他们每一个人都信誓旦旦地相信自己在恪尽职责或行使权利的夜晚，连利己主义都不复存在了。

*　　*　　*

不必害怕这个和许多个更宏伟，也一样确切、必将始终呈现在我们眼前的幻象会解除我们的武装，把我们变成受害者，或是在不那么宽广和更为艰难的现实生活中的受骗者。我们中很少有人需要加强防御，需要更加小心、更加多疑和自私。本能和生活经验在这些方面提供的东西太多了。失去平衡的危险绝不在有害于我们日常的细微利益那方面。警惕心所作的种种努力十分勉强地足以让我们继续正直为人。然而，对他人，尤其是对我们自己来说，我们的攻击和防御行为表现在仇恨、轻蔑、幻想破灭的阴暗的根底上，或彰显在解释和理解的无言的宽恕和原谅的透明的地平线上，并非无关紧要。首先，随着岁月流逝，我们记住了来自经验的粗浅教训。在这些教训里，有一部分厚重的毫无疑问属于本能和沉淀到生活必需的基层。对此无需照料，它在无意识中萌发和繁衍。然而，还有另一更纯净更微妙的部分，是我们应当在它空间蒸发之前就学会把它抓住和固定下来的。任何行为都能有和不同智力一样多的不同解释。

最底层的解释开始仿佛是最简单、最正确和最合理的，因为它们最先来到，是不费吹灰之力得来的。如果我们不对它们阴险放肆的入侵进行持续的斗争，它们便会渐渐啃啮、腐蚀我们青年时代用以构成心灵最高贵、最肥沃地带的全部的希冀和信仰。到我们行将就木的时候，很快便只剩下了智慧可怜巴巴的残渣。因此，我们对随时遭遇的事实所能作出的最高解释，按照生活的实际感受的粗糙财富的积累节节提升是很重要的。随着我们对生活的感受扎根于腐殖土里而生长，它必然地会破土而出，在阳光下开花结果。必须有一个始终保持警觉的思想不停地略略抬起岁月死亡的重量，让它透透气，给以活力。再者，这个表面上如此积极、如此实际、如此宽厚、如此平静、如此天真、如此真诚的经验，它其实很清楚它对我们隐藏了某种最根本的东西；而如果我们有力气把它一直推到它最秘密的藏身之处，我们就必定能在最后的分析中逼它说出最终的供词，总之，归根结底，最高的解释总是最真实的。

灾　祸

随着我们越来越多地控制自然力，灾祸的可能性也在成倍增长，就像让野兽在笼子里"干活"的驯兽人，野兽数量越多他也越危险。过去，我们尽可能地避免接触这些力量，今天，它们被允许进入我们的家庭。因此，尽管我们的习俗比较谨慎，比较平和，我们却比我们的父辈更多地更贴近于死亡。因此，很可能会有好多将读到这些按语的人会感到同样的不安，并提出类似的意见。

＊　　＊　　＊

首先摆在我们面前的是预感问题。有许多人肯定说，我们从早上起就有这一天可能发生的灾祸的某种直觉，真像他们说的那样吗？这个问题不好回答，因为，我们的经验只能很难得地来自于"没有恶化"的事件，或者，至少是后果不严重者。因此，很显然，这些不会有恶果的灾祸事前并没有搅动我们本能的深水区域，我觉得，它们似乎都没擦着本能的边儿。至于别的，导致即将死亡的，受害者很少有力气也不大有必要的清醒过来，以满足我们的好奇心。总之，在这方面采集到的个人感受极不可靠，问题没有答案。

*　　*　　*

风和日丽的一天，晨曦初露，我们便驾着轿车，骑着自行车、摩托车，坐着小艇出发了，颇不在意将会遇到什么事情；不过，我们还是用轿车或摩托车吧，好让画面确切一些，这两种车辆是灾祸的最佳选择，生死豪赌中最执着于问津命运之神者。突然，毫无理由地，在道路转折处，宽敞漫长的路中央，刚进入下坡，这里或那里，左面或右面，死神突然以一棵树、一堵墙、一块岩石、某种障碍物的虚假、全透明的形象拦住整个空间，前来抓住车闸、车轮、转向装置，这便撞上了始料未及、突兀显现、巨大无边、即时、不容置辩、无法回避、不可逆转的死亡，它一下子便封闭了它不给出路的地平线……

当即，在我们的智力和本能之间，开始了时达半秒钟的热烈而没有结果的争吵。智力、理性、意识，您想怎么称呼都行，它的态度极值得关心。它当即正确地、合理地断定全都无可挽回地完了。但它不急不忙，也不害怕。它正确无误地回想起灾祸，它的细节和结局，并且满意地发现它并不害怕，依然保持着清醒。从坠落到休克，它还有时间，它闲混、消遣、找到空暇想想别的事情，唤起回忆，进行比较，提出无足轻重的确切的意见。透过死亡看到的那棵树是一棵法国梧桐，杂色的树皮上有三个洞……它没有园子里那棵漂亮……撞破脑袋的那块岩石里有云母脉和很白的大理石花纹……它觉得自己没有责任，人家对它无可指摘；它几乎带着微笑，品味着说不出是什么的含糊不清的快感，温顺地、异常好奇地等待不可避免的事情到来。

*　　　*　　　*

显然，如果我们的生命只能指望这个冷漠、过于符合逻辑和精明的业余人士的介入，那么，任何事故最终都将变成重大灾难。幸好，有飞速旋转的，失去理智、像精神错乱的孩子们争吵不休的神经报警，另一人物跃入场中，这个人物粗野、莽撞、赤裸、肌肉发达，撞开一切，用不可抵挡的动作一下抓住权力的残余和落入它手中的得救的机会。这个人物，我们称之为本能、无意识、潜意识，我不知道，可这有什么关系？——它在哪儿？它从何而来？它在什么地方沉睡，或者在我们身体里最原始的洞穴深处忙着干一些默默无闻、吃力不讨好的活儿。不久前它是那里毋庸争议的国王，可是，一些时来，人们把它弃置在底下的黑暗中，就像对待一个没教养、不整洁和说话粗鲁的穷亲戚，令人不舒服的证人和原始不幸的令人不快的纪念物。只是在极度焦虑的狂乱瞬间，我们才想到它，却已用不上它了。幸好它为人正直，无虚荣，不记仇。况且，它知道，所有这些饰物，俯视之下为人所不齿的饰物都是昙花一现的东西，不实在，在人身上唯有它才是实际上的主人。即在比危险急剧的发展更稳当更迅疾的一瞥间，它看清了形势，一下子理清了所有的细节，弄明白有多少出路，多少可能性，这便是转瞬间力量、勇气、精确度、意愿的卓越、难忘的表现，不败的生命给予不可战胜的死亡的迎头一击。

*　　*　　*

从这个词最严格、最细微的意义来说，突然出现的生命的捍卫者，像传说中多毛的野人拯救绝望的公主似的创造奇迹。首先，他有处理紧急事件无与伦比的特长：他不会深思熟虑，不知道深思后就会明白的所有障碍，所有的无法躲避的不可能。他绝不接受灾难，一秒钟都不承认不可避免，即在粉身碎骨之前，他不在乎有没有希望地积极行动，仿佛疑虑、担忧、害怕、泄气对使他生龙活虎的原始力量都是全然陌生的概念。隔着花岗岩的墙壁，他只看到了解救，就像一孔光明，既然看到了解救，他便会在石头里把它开创出来。他不放弃阻止从天而降的大山。他移开岩石，在铁丝上向前冲，从两根精确地计算是通不过的柱子间挤过去。在众多树木中，他确信无误地选择唯一的那棵能折断的树，因为，看不见的虫子已经蛀空了它的根。在杂乱和虚妄的叶丛中，他发现唯一的那根悬在深渊上的粗壮的树枝，而在混杂着尖锐的斑岩的地方，他仿佛已经铺好了苔藓和蕨草，准备接受人体坠落……

在危险的另一边，惊呆了的理智气喘吁吁、半信半疑、有点张皇失措，它转过头去，最后一次观望难以置信的事实；然后，毫无疑问地重新把握主导权，而善良的野人，谁都没想到该感谢他，则默默地回进他的洞穴。

* * *

本能把我们从通常的自古以来就有的重大危险，如水、火、坠落、撞击、野兽，从这些危险中解救出来，这也许没什么可惊讶的。其中显然有一个驯化过程和返祖性的经验，说明它的机灵从何而来。然而，令我赞叹的是它了解我们智慧的最复杂、最奇特的发明之自如和快速。只要给它看过一次最意外的机器的结构——不管这机器对我们的现实和基本需要有多陌生、多无用——它便懂了，并且从此，必要时，将比制造机器的智慧更了解它所有的秘密，更能操纵它。

因此，不管器具有多新颖、多新型、多奇妙，原则上我们都能肯定，不可避免的灾难是不存在的。无意识始终能应付所有可以想象的局面。在靠大海或高山的力量开合的虎钳夹板之间，我们能够，我们应能期待本能做出关键性的动作，这种本能拥有像它从其凹陷处直接汲取养分的宇宙或自然界一样永不枯竭的源泉。

* * *

然而，如果需要说透彻了，我们已经不是人人都有权指望它的灵验的介入了。它不会死去，它不会赌气，它绝不会搞错。可是不少人把它驱赶到那样的深处，难得允许它见一见阳光，他们已经完全彻底地看不见它了，他们如此残忍地挫损它，把它捆绑得那么紧，致使在手忙脚乱的紧急时刻，再也不知道能在哪儿找到它了。事实上，他们已经没有时间通知它，把它从被他们捆绑起来的地牢深处解放出来，而当它满怀善意、手执工具，终于得以上来救援的时候，祸事已经酿成，为时已晚，死亡刚完成了它的业绩。

　　本能的这种不平均，我以为，与其说在于救援的质量，不如说在于召唤它的迅速与否。这种不平均便在所有的车祸上表现出来了。假定有两名汽车司机遭遇了类似的危险，不可避免的完全一样的危险，无法解释的打错了方向盘，不知道是怎样的弹起、扭转、拐弯、静止、幻觉将救出其中之一，而另一个，正常地，很不幸地，撞障碍上粉身碎骨了。六个人坐在一辆车里，遭遇了完全一样的命运，三个人做了唯一一个可能做到的、不合情理、始料未及和必须的动作，不像另外三个做得违反常理地太聪明。我是目击者，或者差不多是吧，——因为，如果说我是车祸后到的，至少在现场脱险者中间，我采集到了突突直跳的印象——有一天，我目击了本能的这些惊人表现。那是在从古尔冬，从这个为了躲避柏柏尔人而栖息在高达八百多米的陡峭的山顶上，戛纳和尼斯的观光客们十分熟悉的地形崎岖的小村庄下来的坡道上。它四面都进不去，没有道路通往那里，只有一条蜿蜒曲折的可怕的公路，走在深渊之间。一辆劣质车，超载达八个人，从危险的山道上下来，其中一名妇女抱着出生才几个星期的婴儿，这时，马受惊溜缰，扑进深渊。乘客们感到自己正陷入死亡，而那名女子则想要救出孩子，以一个令人钦佩的母爱动作，在最后那一刻，把孩子抛向马车的另一侧。孩子落到公路上，其他人则消失在竖满笔立的致命岩石的悬崖里。然而，出于当问题涉及人的生命时相当常见的奇迹,那七名受害者被挂在荆棘和错综的枝丫间,只受了点并无大碍的擦伤,那可怜的婴儿却反而摔死了,路上的一块石头砸破了颅骨。两个相反的本能在此进行了斗争,那个很可能掺入思维的微光者做出了最笨拙的动作。有人会说是运气好坏。我们并不禁止使用这种神秘的字眼,只要还能肯定它们适用于无意识的神秘的动作。事实上,每当事情可能做到,那就还是把神秘的源泉送回我们心里为好;这样能相应地缩小错误、气馁、无能为力的危害范围。

＊　　＊　　＊

我们马上会问,能不能使我们的本能,我始终认为是完美无缺的本能,即使不是臻于完善,至少把它召回到离我们的意愿较近的地方,松开它的镣铐,还给它原有的自由呢。这个问题需要进行专门的研究。在着手研究之前,当我们习惯性地、有条不紊地接近各种力量和具体事实,一句话我们称之为自然的所有异乎寻常的东西时,仿佛很可能地,我们每天都在逐渐缩小本能为了帮助我们需要奔走的距离。这个距离,在野蛮人、傻瓜和卑贱者那里还微不足道,却随着我们的教育、文明的每前进一步而扩大。我相信,我们可以证实,一个农民、工人,即使比他的东家、老板年纪大些,动作没那么灵敏,突然遭遇同一灾难时,不受损害地脱出身来的机会要比后者多两三个。总之,没有一场祸事,其受害者一开始就不出错的。他可能会对自己说,这是千真万确的,如果换上别人也许会脱险。

因此，我们在受害者周围设想的大多数的偶然对他却依然是被禁止的。在这里和他的未来混在一起的他的无意识"竞技状态"不佳。今后，他不会再相信他的运气。从重大危险的角度来看，他是罗马法所说的 minus habens ①。

*　　　*　　　*

尽管如此，当我们考虑到我们肉体的不可靠性，它周围所有一切的特别强大的力量和我们面临的危险之多时，与其他生物相比之下，我们的运气显然并不特好。在多少为我们所控制却随时可能反叛我们的各种力量，机器、仪表、毒药、火、水流中间，我们会让生命冒比马、牛、狗多二十倍、三十倍的风险。然而，在一场车祸中，在一次水灾、地震、风暴、火灾中，在树木、房屋倒塌中，动物几乎总是比人容易受到伤害。显然，理性、经验和较早感到祸事的无意识在很大程度上保护了人。然而，好像还有别的东西。鉴于一律平等的所有的风险、偶然和分给智慧、更加灵巧和可靠的本能的份额，事实仍然是自然仿佛害怕人类。它严格地避免触及这脆弱的肉体，用某种明显的、无法解释的尊敬把它包围起来。而当我们出了刚愎自用的差错，它不得不伤及我们的时候，它也会尽可能地对我们伤害得小一些。

---

① 拉丁语：笨蛋、傻瓜。——译者注

我们的社会职责

让我们坦诚地从这句大实话说起吧，那便是，对富有的人来说，只有一个确凿无疑的职责：放弃自己的所有，使自己处于一无所有的大众状态。当然，在任何清醒的意识里都不会有比这更加专横的了，可同时，我们也承认，由于缺乏勇气，这也是做不到的。再者，在古代传说中的尽职尽责的英雄史上，即便是在最灼热的时代，即便在基督教的源头和多数专门为关爱贫困人群发起的修会中，这恐怕也是唯一从没完成过的职责。因此，在尽我们的次要职责的同时，要紧的是别忘了最重要的被故意规避了。愿这一实情左右我们的行动。别忘记，我们是在它的阴影里说话，我们最大胆、最极端的步伐都不可能使我们成为首先应该成为的那种人。

* * *

既然这似乎是绝对不可能做到的，继续围着它大惊小怪也于事无补，那就让我们暂且接受现实的人性吧。没有力量走完这唯一的直道，只好另辟蹊径，在获得这个力量之前，这也能维持我们意识的生命。为了不再去说及这个要旨，善意的心灵里会不断出现两三个问题。在目前的社会状况下该怎么做？应该一开始就执着地站在打乱这个社会的人一边，还是加入致力于维护它的经济的阵营？——不约束它的选择，轮番保卫这两个部分里的仿佛合理的和恰当的事物是否比较明智？真诚的意识肯定能在这里或那里找到满足它的活动和平息它的责难的东西。所以，在这个今天任何智者都必须作出的选择前面，比平时实践更为简单地、像邻近某个星球不感兴趣的老百姓会做的那样，权衡赞同和反对的优劣并非无用。

*　　*　　*

不要重弹所有反对意见的老调，就只提一下那几条还能相当严肃地自我辩解的吧。我们首先会遇到的是最古老的那条，认为不平等是不可避免的，因为它符合自然法则。确实如此，然而，人类显然生来就有超越某些自然法则的可能。如果他们放弃超越这些法则里的好几条，他们的生存本身便将陷入危险境地。服从其他而不是他们的动物本性的法则等等符合他们特有的本性。再者，这条反对意见早就被列入那些原则上站不住脚的法则一类，它会导致对弱者、病人、老人等的屠戮。

接着，有人会说，为了促使正义尽快赢得胜利，最优秀的人们还是不要过早地解除武装为好，而他们手中最有威力的武器恰恰便是财富和闲暇。在此，我们已充分承认重大牺牲的必要性，只是就其时机尚存疑问。是的，只要这些财富和闲暇完全用于加速正义的步伐就依然是适当的。

另一条值得关注的保守论据认为，既然人的第一职责是避免暴力和流血，那么，社会发展就不能够太快，随之慢慢地成熟，要紧的是让它缓和下来，等待大众觉悟，并且逐步地、没有危险的动摇地把它带向自由和完整的善，目前，它们还只能解开最恶劣的本能身上的锁链。这还是真的。然而，我们不妨做个统计——既然只有通过作恶才能变得更好——看看一场突如其来的、激进的、血腥的革命造成的损害是不是胜过缓缓发展中长期延续下去的损害。最好还是想一想，进行得快一些是不是更好，让在不公正中期待着的人们默默忍受，究竟是不是没有让今天享有特权的人们受几个星期或几个月罪更严重。我们往往忘记，让人陷入不幸的折磨别人的人与最可怕的革命中残酷的人相比，没那么喧闹、那么张扬，然而却人数无限多，同时也残忍得多、活跃得多。

*　　*　　*

最后的，也许是最令人不安的论据：有人宣称，一百多年来，人类正经历最丰富多彩、最有成果，很可能也是命途上的危险关口的时代。与过去相比，人类仿佛处于其发展中的决定性时期。从某些征兆看来，他好像已接近他的顶峰。他正穿越历史上没有什么时期能与之比拟的灵感阶段。略微一点，最后加把劲儿，一道连接或凸显发现、分散或悬而未决的预感的光线，也许就能把它从诸多重大奥秘中分离出来。他刚着手研究一些问题，这些问题的解决办法需要损及他世代相传的仇敌，也就是宇宙中重大的未知，很可能会使正义要求人们作出的牺牲变得一无用处。这不有阻止这种突飞猛进的危险，有可能扰乱这宝贵、不稳定和最重要的一刻的危险吗？即在甚至认可，像在过去的那些动荡中那样，获得了的便不可失去的同时，我们还是担心公道要求的大面积解体会突然结束这难能可贵的时期。而且，这一时期的早日再现也并非不容置疑，因为主管启发人类天才的法则和主管启发个人天才的法则一样刚愎自用，一样变化无常。

这也许就像我说过的那样，是最令人不安的论据。然而，也有可能是对相当不确定的危险太在意了。此外，对人类胜利的这个短暂中断还会有奇妙的补偿。我们能预见，当整个人类都加入到智力耕耘这一为人类特有的繁重劳作之中时，会出现怎样的变化吗？今天，十万人里面难有一颗头颅在完全有利丁他的条件下活动。日前，智力的浪费大得无与伦比。玩物丧志从上面麻痹智能就像过度的体力劳动在下面熄灭智能一样地有效。确凿地，当大家都参与这个眼下仅由几个被偶然选上的人在进行的工作时，人类将成千上万倍地增加到达伟大的神秘目的的可能。

*　　*　　*

我想，这便是最好的支持和反对，是那些不急于结束的人能祈求的最合理的理由。在这些理由的中间矗立着巨大的不公正的独石柱。用不着赋予它发声的能力。它压迫所有的意识，限制各种智慧。所以，问题不是不要摧毁它，而只是要求想要推翻它的人们再耐心几年，以便在清理完它的四周后，让它的倒塌带来最小的灾难。是不是应该给予这几年时间？而在只争朝夕和等待的那些动机中，哪个是最高信仰的选择呢？

*   *   *

要求暂缓几年的那些论据对您是否足以说明问题了？它们相当不稳定，但是，不从比纯理性更高的角度来察看这个问题便予以谴责仍会是不正确的。一旦涉及超越生活经验的问题，这个角度就需要好好探寻了。我们尽可认定不会所有的人都选择同一个角度。人类对自己的各种命途很可能具有无限的认知，这种认知是任何个人都不可能完全把握的，人类会十分明智地分配他们在他发展的高级戏剧中适合担当的角色。出于我们不一定总能理解的动机，人类的缓缓发展也许是必要的，所以，他巨大的躯体把他拴住在过去和现在上，而十分正直的智者能够待在这个躯体里，就像十分平庸者能从中逸出一样。让阴影或光明方面感到满足或者公正的不满吧，无所谓，因为这常常是宿命和角色分配问题，而不是检验问题。不管怎么说，这对理智上已经看出过去那些论据没有说服力的我们又将是一个着急的原因。此外，让我们姑且承认，这个力量颇合乎情理。因此，只要我们不满足于今天，从而负起可以说是与生俱来的责任，摧毁支撑它的一切，以准备明天的到来就行。即便我们十分清楚地看到过快的发展的危险和不妥之处，为了担当人类的天才当仁不让的职司，我们需要摒弃一切耐心、一切谨慎。在社会这个大气层里，我们好似氧气，倘使我们表现得像无活力的氮气，我们便背叛了大自然交付给我们的使命，这在为我们尚存的罪孽等级中是最严重、最不可原谅的渎职罪。我们不用挂虑匆忙导致的往往是令人不快的后果，这并不是我们的角色所规定的，顾及这个会给角色添加违背本色的词语，这在大自然给予的真实文本里是没有的。人类选定我们接待地平线上升起的东西，他给我们下达了一条不容商量的命令。他随心所欲分发他的力量。在通往未来的道路的每个交叉口，他针对我们每一个人部署一万人马守住过去；因此，我们不用害怕过去施展鬼蜮伎俩时没有充分的防御。我们只会过于自然地倾向于等待时机，在不可避开的废墟前伤怀，这是我们最大的过错。我们中间最谨小慎微的人能够做到的最起码的事——他们已经十分接近于背叛了，那便是绝不往大自然拖动的毫无生气的重负上增添一点分量。然而，任由其他人盲目地跟随着促使他们跑得更远的那股力量内在的冲劲吧。即在他们的理智并不赞成他们采取的任何极端措施的情况下，他们还在不顾理智地行动和希望。因为，在任何事物上，由于大地的呼唤，他们得瞄准比向往达到的目标更高的地方。

＊　　　＊　　　＊

不用害怕被带得太远，也不用担心再没有任何不管有多正确的思虑来熄灭或冷却我们的热情。我们未来的过分之处对生活的平衡是必需的。我们周围有相当多的人，他们有专门的职责和十分确切的使命，要熄灭被我们点燃的火焰。我们尽可作极端的思考，奔向极端的希望和公正。不要以为这些努力该由优秀者去做；并非如此，而我们中预感到他们不理解的黎明将至的卑微者，应该凌驾于自身之上期待黎明。在这些居间的巅峰上，他们的到场将用活生生的实体，填补从最前卫到最后的危险的空缺，并且维持前卫和主体间的不可或缺的信息交流。

有时，我们不妨设想那艘在永恒上装载着我们人类命运的看不见的大船。它像在我们有尽头的海洋上行驶的船舰一样，有船帆和压舱物。虽然我们害怕出锚地的时候会倾侧或颠簸，这却不成其为增加压舱物重量和把漂亮的白帆降落到底舱的理由。船帆不是为了搁在马路石头边上发霉而编织起来的。压舱物到处能找到；码头上的石头，海滩上的沙都能用。可船帆却难能宝贵；它们的位置绝不在黑暗的舱底水井，而是在桅杆上面的光明里，用来承接空间的气流。

*　　*　　*

不要以为在一定的限度和适当的平均值里必然有最正确的真理。如果多数人所想所希望的不比他们该想该希望的低俗得多，这或许还是真的。因此，其他人就必须思想和希望得比合情合理的更高。今天的平均值，适当的平均值用不了很久后就会成为缺乏人情味的东西。最近，我偶然在阅读马库斯·封·瓦尔纳维克的佛兰德斯旧编年史时，看到这个关于见识，或者不如说关于常识和正中间的杰出见解的一个奇特的例子。马库斯·封·瓦尔纳维克是根特[1]一个富

---

① 比利时的一个港口城市，东佛兰德省首府，工业中心。——译者注

裕的有产者，文人，极其明智。他给我们留下了 1566 年至 1568 年间，也就是从破坏圣像者们的第一次狂热行动到阿尔瓦公爵①的残酷镇压，在他出生的这个城市里发生的所有事件的详细日志。在这真实和饶有趣味的叙述里，值得欣赏的不是鲜艳的色彩、细小画面的精确描写：绞刑、火刑场景、酷刑、骚乱、战役、布道等等，就像勃鲁盖尔父子②那样，而是叙述者的客观和清澈的公正。作为虔诚的天主教徒，他以克制不变的笔触指责新教徒和西班牙人的凶暴。他是廉洁的法官、杰出的义人。他真正地代表他的时代最高的现实和沉着冷静的智慧，最佳意愿，最富理性、最健全的人道，怜悯使之更加稳重的、最具远见卓识的宽容。有时，他让自己对需要执行那么多的酷刑表示遗憾。他似乎认为，却又不敢为一个如此相悖的观点公开辩解，烧死那么多的异端分子恐怕没有必要。然而，他似乎也并没片刻想到最好一个都不烧死。这个观点是如此荒诞，处于人类思想的极端，以至他想都没想到，在他那个时代的地平线或智慧的顶峰，它还没显露影踪呢。而在今天，这却只是个不起眼的中庸观点。这不是跟现下，我们悬而未决的婚姻、爱情、宗教、专权、战争、公正等等问题是一样的吗？人类还没有到达知道极端的观念，也就是在思想的最高处、思想的顶峰的观念总是有道理的这个年龄吗？此时，关于我们的社会问题的最正确的意见，在召唤我们尽力

---

① 阿尔瓦公爵，即费尔南多·阿尔瓦雷斯·德·托莱多（1507—1582），西班牙军人和政治家。曾于 1567 年率大军镇压尼德兰人民起义，以血腥著称，判决 1.2 万人有罪。——译者注

② 指勃鲁盖尔父子三人，老勃鲁盖尔（1525—1569），16 世纪佛兰德斯最伟大的画家，以画农民著称，《屠杀婴儿》是对阿尔瓦公爵恐怖统治的抗议。他的两个儿子小彼得·勃鲁盖尔（1564—1638）和老扬·勃鲁盖尔（1568—1625）也都是著名画家。——译者注

而行，以逐渐缩小不可避免的不平等和比较公平地分配幸福。极端的意见要求即时进行全方位的分享，取消产业私有、义务劳动等等。我们还不知道如何实现这些要求，然而，从现在起，可以肯定，总有一天，稍有变化，这些要求就会显现出来，像取消长子继承权或贵族特权那样地顺理成章。在这些人类的，而不是民族或个人的时间长短问题上，要紧的是不要受历史经验的局限。历史经验肯定的和否决的事物，其活跃的期限大可不必在意。这里，在理性中是难得见到真理的，因为理性总在回眸往事，而不是在极目比未来更远的想象。

＊　　　＊　　　＊

愿我们的理性能努力上升到比经验更高的地方。这对年轻人来说是容易做到的，而成年人和老人学会让自己提升到青年灿烂的无知是有益的。随着时光流逝，我们应当防患于未然，预防我们碰上的许多心怀叵测的人让我们的信任遭遇危险。不管怎样，让我们继续行动，继续爱和希望，就像和我们打交道的是理想的人类。这个理想无非是一种比我们所见到的更加广阔的现实。个别人的错误并不能让普遍的纯洁和清白无辜变质，照在一定高度俯瞰的飞艇驾驶员们的说法，表面上的浪涛再高也不能搅浑海底的清澈。

＊　　　＊　　　＊

我们只能听从促使我们前进的经验之言，它比绊手绊脚或者让我们后退的经验总要站得更高。摒弃往事给予我们的不让我们朝向未来的建议。这便是大革命时期的某些人，也许是有史以来第一次，令人钦佩地领悟到的道理；所以，这次大革命才能取得最伟大的最持久的成功。在此，这条经验告诉我们，和日常生活中发生的不同，首先重要的是破。在所有的社会进步中，伟大的工作，也是最艰难的，是摧毁过去。我们不须担心在废墟上将建造什么。事物和生活的力量将负责重建。它甚至会急不可耐于重新建造。帮助它完成它仓促的使命没有意义。倒不如毫不犹豫地使用我们破坏的力量，直至过正。我们打击的力度十分之九消失在大众的惰性里，就像最大号的铁锤打在大石头上似的，力道分散了，传到支持这块巨石的孩子手上竟可以说都感觉不出来了。

* * *

也不要害怕我们会跑得太快。如果说，有的时候，我们仿佛冒险跳过了某些阶段，那是为了平衡没有道理的耽搁，追回无所作为的几百年丢失的时间。在这些毫无生气的时期里，我们的宇宙却依然起着变化，人类很可能会身不由己地处于他上升中某个决定性时刻，这可能是出现某个天体现象、地球遇上某个难以理解的危机或者甚至是某个人的出生。这是人类的本能在决定这些事情，是他的命运在说话；如果这个本能，或者这个命运出了差错，我们也无力介入，因为整个监控统统停止了；我们即在我们自身的极端和顶峰；而更高处，再没有任何东西能纠正我们的错误了。

不　死

一

在我们步入的这个新时代，世上的宗教均已不再回答人类的重大问题的时代，死后的存灭问题仍是人们怀着最深切的不安思索着的难题之一。一死便百了了吗？有没有可想象的死后的继续存在？我们去向何方、变成什么？被我们称作存在的容易破灭的幻觉，在它的另一头等待着我们的又是什么？即在我们的心脏停止跳动的这一刻，胜利的是物质还是精神？发端的是永恒的光明还是无穷尽的黑暗？

如同世间存在的一切，我们是不灭的。我们不能设想会有什么东西消逝在宇宙中，不能想象在无限的旁边还留有一点空隙，可容一个物质原子在那里坠落和化为乌有。已有的一切还将永远存在下去，一切都存在着，没有任何东西会不存在。否则，岂不是要我们相信，我们的思维与它努力设想的宇宙之间毫无共同之处。甚至还得承认我们的思维逆宇宙而运行，这是颇不可能的，因为，不管怎样，它只能是宇宙的一种反映。

发生消亡或至少是消失和相继变换的仿佛是我们借以感知不可灭物质的外形和方式，与这些表象相应的种种实际情况我们却一无所知。它们是蒙眼的布条，蒙在我们的眼睛上，在使两眼失明的压力下，让它们看到生命的全部图像。把这块蒙眼布去掉后，剩下的还能有什么呢？我们能进入不容置疑地存在于那边的实在性之中吗？或者甚至只是表象对我们的不复存在？……

二

设定虚无是不可能的，设定什么都不会消亡，我们死后，一切继续存在于其自身之中，其实这与我们的关系不大。在永久的持续中，与我们相关的唯有在我们的存在过程中感知各种现象的那一小部分生命所处的境遇。我们称之为我们的意识或自我。这个自我，犹如我们在考虑到它毁灭后的情景时所设想的，它既不是我们的精神，也不是我们的肉体，既然我们承认，不管是精神还是肉体，全都是不断更新的、滚滚而去的波涛。它既不能是始终演变着的形式和实体，也不能是作为形式和实体之因果的生命，它是不是一个恒定不变的点呢？的确，要我们把握它，说出它的特性，道明它在于何处是不可能的。当我们打算追根溯源时，在它最初的源头，我们只能找到寥寥数段回忆，一组与生的同一本能相连的，况且还是模糊不清和变化无常的概念，我们对周围现象一系列的感觉和有意识或无意识的反应习惯。总之，在这团星云中最固定的点是我们的记忆，此外，它还似一种相当外表、相当次要的功能，无论如何，它是我们大脑最脆弱的功能之一，我们的身体稍感不适便忙不迭地消失的功能之一。正如一位英国诗人所云："即是这个强烈要求永恒的东西将消亡在自我之中。"

三

没有关系。这个如此捉摸不定、如此难以把握、如此短暂和不稳定的自我依然如此明确地是我们存在的中心，它引起我们如此执着的兴趣，致使生命的全部真实在这幽灵前黯然化去。在永恒中，我们的肉体或它的实体享受到所有的幸福和荣誉，接受最了不起的，也是最美妙的变化，变成鲜花、芳香、美色、光明、天空、星星，这对我们而言全都决然地无足轻重。我们的智慧得到充分的发挥，直至介入各阶层人们的生活，理解它和左右它，这对我们而言同样也无足轻重。我们的本能深信不疑地认为，如果这个对某些几乎总是微不足道的琐事的记忆并不伴随我们，如果它并不是那些不可思议的幸福的见证，那么，这一切便与我们无关，不能给予我们任何乐趣，是我们本身所不会际遇的。我的精神中那些最杰出、最自由和最美好的部分在极度的欢快中，永远地生气勃勃和光辉灿烂，这于我们也已无关痛痒；因为它们已不属我所有，我也不再认得它们。死亡切断了神经和回忆的网络，正是这个网络把它们和那个我不知是什么的中心联结在一起，中心里有那个我感到是全部的自我的点。它们就这样得到解脱，漂浮在时空之中，它们的归宿即如最遥远的星辰般与我毫不相干。突发的一切对我来说只有当我能把它引回到这神秘的本质中来时才能存在，而我却并不知道它在哪里，它又恰恰哪儿都不在。它像一面镜子，我携带着它周游世上，这世上的种种现象只有当它们反映在镜子里时才得以成形。

四

所以，鉴于我们对死后继续存在的关心均建立在整个生命中的一个次要的和转瞬即逝的部分上，我们不死的欲望便随着它被表示出来而渐次摧毁。我们仿佛感到，倘使我们的存在失去了构成它的特征的大多数苦难、卑微和缺憾，那么，它与其他生命的存在之间的区别便会荡然无存，它会变成未知的沧海中的无知的一粟，而从此时起，随之发生的一切都将不再与我们有关。

一个幼稚无知，但又深谋远虑的本能会向我们发问，人们几乎不得不作此设想的不死，能够应允他们的不死是怎么样的？任何不是像拖曳在我们这种苦役犯脚镣上的铁球那样拖曳在永恒中的不死，这种在动乱的岁月里形成的怪异的意识，任何不带有表示我们身份的磨不掉的标记的不死，这样的不死对于我们来说就像是不存在的。大多数宗教清楚地认识到了这一点，它们重视这种同时在希望和摧毁死后的继续存在的本能。天主教便如此，它一直追溯到最原始的愿望，不仅向我们担保我们在人世间的自我能维持完好无损，而且甚至能在我们自己的肉躯里复活。

这便是谜的中心。这种浅薄的意识，这种对一个特别的我的几近童稚的，总之是极其有限的感觉，它很可能正是我们当前智力上的残疾，强行要求它伴随我们进入时间的无限，来使我们理解我们享有的这种无限，不就等于想用一个并不用于感知的器官去感知某一物体吗？不就等于要求我们用手去发觉光或要求我们的眼睛能感受芳香吗？另一方面，这么做不正如一个病人，为了找回自我，肯定他就是他自己而认为他必须在肉体上，在以后悠长的时日里继续生病吗？此外，这个比喻比平常使用的比喻都更确切。请想象一个同时是瘫痪和聋子的盲人。他自出生以来一直处于这种境地，现已年过而立。在这可怜的生命的没有图案的布底上，时间将绣上怎样的花纹呢？这不幸的人，在他的脑海深处，由于没有别的记忆，大概只收集了一些微不足道的感觉印象，诸如冷和热，疲倦和休息，多少有点强烈的肉体痛楚，饥渴。人类所有的欢乐、所有的希望、所有理想和天堂乐土的梦，在他则很可能会归结为某种痛苦得到缓解后的模糊的舒适。而这也许就是那种意识和那个自我的唯一的骨架。智慧由于从来没有受到过来自外界的激励，将沉睡在对自己的无知之中。然而，这不幸的人毕竟还拥有他那条小命，他与这条小命的联系之紧密、强烈，他对这条小命的珍惜不亚于世上最幸福的人。他害怕死去，不能带上他的喜怒哀乐与他对病榻、黑暗和寂静的回忆进入永生的想法会把他抛进绝望之中，就像我们想到终将抛下荣华富贵、光明和爱情，进入冷冰冰、阴沉沉的坟茔时感到的绝望一样。

五

假若突然出现奇迹，使他双目复明，两耳复聪，通过病榻前开启的窗扉为他展现出朝霞披覆的田野，林木间鸟雀的啁啾，风儿吹动树叶的飒飒声和流水的汩汩声，晨曦中的山冈间人们清亮的呼唤声。再假如，仍是这次奇迹，好事做到底，使他能使用自己的四肢。他站起身来，他向这个奇迹，他还不敢信以为真、还不知其名的奇迹伸出双臂，光明啊！他打开房门，踉跄在令其头晕目眩的事物间，整个身心都融化在这片奇妙中了。他进入一种无以言表的生活，走进一个连做梦都不曾想到过的天穹，而且，这也是诸如此类的康复极为可能导致的变幻，健康在把他带进一种不可思议和难以理解的生活中的同时，抹去了他对以往岁月的全部记忆。

这个我，这个中心策源地，我们各种感觉的汇集地，汇集了属我们的生命所固有的一切的地方，我们生命的最高点、"自我"点，如果我们能试用一下这个新词的话，它的情况又会如何呢？记忆消失后，他能在自己身上找到先前那个人的蛛丝马迹吗？一种新的力量，智慧苏醒了，突然发挥出闻所未闻的作用，这个智慧和它从中崛起的无生气的、可怜的诞生地还保留着什么关联？他在延续中和他以往历史上的哪个角会有丝缕牵挂？而与此同时，是否还存在着某种不受记忆、智力和其他不知何种功能牵制的情感或本能，这种情感和本能使他辨认出刚发生的这次起死回生的奇迹正是发生在他身上，且正是他的生活而不是旁人的生活改弦更张，变得难以辨认，但实体上是同一的，并能从黑暗和沉静中脱颖而出，延展在光明与和谐之中呢？我们能想象出这疯狂般的意识的慌乱和潮涨潮落吗？我们知道昨天的我和今天的我能以怎样的方式相结合吗？"自我"点，个性的敏感点，我们力求保持完好无缺的唯一的东西在这番狂热和慌乱中会作何反应呢？

首先，让我们力求给这个属于我们可感知的、实际的生活范畴的问题以足够精确的答复，倘若我们连这一点也做不到，那还能作何奢望去解决另一个难题，呈现在每个临终的人面前的难题呢？

六

这个敏感点内概括着整个难题，因为它是唯一悬而未决的。而撇开与此相关的不谈，则不死是无疑的了，这个神秘的点，我们面临死亡时如此重视的点，奇怪的是我们在一生中每时每刻都在忽略它，而且不感到丝毫的忧虑。它不仅每晚都消失在我们的睡眠中，而且，即使在清醒时，它也受着一大堆偶然事件的摆布。一个创伤、一记撞击、一场小小的病、几杯烧酒、些许鸦片、丝缕烟雾都足以把它抹掉。即便没有任何东西使它发生变化，它也并不永远那么敏感。往往需要作一番努力，反躬自省，才能重新把握住它，才能意识到我们遭遇了某某事件。稍不留神幸福就会与我们交臂而过，没有触及我们，没有把它蕴含的欢乐给予我们就过去了。仿佛这个我们借以领略生活和把生活与我们自己联结起来的器官，其功能是时断时续的，而我们的自我的存在，除了在痛苦中之外，只是迅速而永久的一连串离开和返回。使我们放心的是，受伤、受打击、分心后醒来的时候，我们相信自己肯定能重又完整地找到它，而不因为我们感到它是那么脆弱，便认定它会消失在介于生死之间的可怕的打击之中。

七

在其他真相无疑地将被未来揭示之前，第一个真相便是：我们在这些生死问题上的想象力依然是稚气十足的。在其他方面，想象几乎总是走在理智的前面，而在这个问题上，它却依然停滞在小娃娃游戏阶段。它把自己包围在梦幻和粗野的欲念之中，用它们平息洞穴人的恐惧和希望。它提出一些不可能的要求，因为它要求的东西太微不足道了。它要求得到某些特权，而这些特权一旦获得则将比死亡用来威胁我们的灭顶之灾更加可怕。想到整个儿地被禁锢在我们当前的这种卑微的意识中的某种永生，我们能不战栗？而且在整个儿的这个问题上，我们对以前被称作"家宅疯女"的想象力的种种不合逻辑的痴心梦想是何等地俯首帖耳。如果说今晚，在我们中间，有谁入睡的时候带着科学和实验给予的信念，肯定他将在一百年后醒来，醒来时仍如今天这样，他的躯体完好无损，那么，哪怕要他失去对先前生活的全部记忆（这些记忆即便留存又有什么用处呢？），我们之中谁都会带着每晚接受温馨短暂的睡眠的那种信念去接受这次百年的酣眠。不是会有许多人，他们远不是感到害怕，而是怀着急切的好奇争先恐后地参加这场试验吗？不是吗？我们将会看到有许多人死乞白赖地纠缠美妙的酣睡的分配者，哀恳恩宠般地请求赐予这种被视作生命的神奇延续的东西。然而，在这场酣眠中他们能有些什么？他们醒来的时候又能从自我中找回些什么？在他们合上双眼的时候，在他们和将来在一个新的世界里醒来、没有记忆、不为人认识的陌生人之间有什么联系？可是，他们进入长夜的允诺和所有的希望却全都依存于这并不存在的联系。实际上，在真正的死亡和这种酣眠之间，唯一的区别便在于这迟至一个世纪后的苏醒。进入百年一觉的人醒来时同遗腹子出生时一样地对世界感到陌生。

八

另一方面，当事情的涉及者不是我们，而是与我们一起生存在这地球上的其他生物时，我们会如何回答这个问题呢？例如，我们关心过动物的死后继续生存吗？狗是最忠实、最亲密、最聪明的动物，可它一旦死去，便成了一堆令人厌恶的尸骸，我们巴不得赶快把它抛开了事。我们甚至不会考虑某种已具有精神生活，已具有我们所喜爱的灵性的东西能在我们的记忆之外继续生存，不会考虑对狗是否也存在着另一个世界。一个可怜的动物，由五六种令人感动但又十分天真的习惯和吃喝、睡得暖暖的要求，以及用我们熟知的向它的同类打招呼的方式构成的它的灵魂，如果时间和空间真的把这个灵魂永远地珍藏在星体之间，在太空无际无边的宫殿里，那我们还会感到可笑呢。况且，纯然由一具原基肉体的某些需要构成的灵魂，当肉体不复存在的时候，这个灵魂又能保留下什么？可是，我们凭什么权利认为，在我们和动物之间存在着这道即便在矿物和植物、植物和动物之间都并不存在的鸿沟呢？正是这个使我们认定自己和这个地球上的生物之间距离如此遥远，区别如此巨大的权利，正是这种把我们放进一个种类、一个往往连我们创造的神都进不来的领域的自负，正是这些东西必须首先加以检验。

九

在我们所关心的这个问题上，把我们的想象力所有的谬误推理一一陈述出来是不可能的。因此，我们很容易就满足于提一下我们的尸体在坟墓中的分解。我们根本就不希望它在时间的无限中陪伴着我们。仔细想来我们不免伤感，因为在永恒中伴随着我们的是它那些不可幸免的苦难、它的瑕疵、它的丑陋和它的笑料。我们打算引入时间的无限中的是我们的灵魂。然而，如果有人问我能否把这个灵魂设想成别的东西，而不是我们的智能和智力的总和，满打满算，还可以加上属于本能、无意识、潜意识范畴的所有官能的结合，我们将作何答复？然而，当老之将至，我们或者在自己身上，或者在别人身上看到同是这些官能越来越衰弱，我们并不担忧，我们并不灰心，就像涉及缓慢的体力衰竭时一样不担忧、不灰心。我们完整地保留着对死后继续存在的模糊的希冀。仿佛一种官能的状况取决于另一种官能的好坏是十分自然的。甚至，当前一类官能在我们心爱的人身上彻底消失后，我们仍以为还没有失去他，他也没有失去他的自我、他的道德人格，而这些其实都已荡然无存了。即使死亡把这些官能保持在毁灭状态，我们仍不会为他的失去伤心流泪，我们仍不相信他已故去。然而，如果我们并不把肉体在坟墓里的分解和生前的智能解体视作十分重要，那么我们要求死亡豁免的又能是什么东西呢？我们要求实现的又是哪个不可实现的梦呢？

十

　　的确，至少在目前，我们还不能给不死的问题臆想出一个可以接受的答案。何必为此感到惊讶呢？我桌子上放着灯。灯里并没有任何奥秘。这是家里最古老、最熟悉、司空见惯的物件。我看到灯里有油，有灯芯，还有一个玻璃灯罩，这一切构成了灯光。只是在当我考虑这光线是什么，我招请它时它来自何方，而我熄灭它时它又去向哪里的时候，谜开始了。并且，在这我擎起、拆开、完全能用我的双手制作的小物件周围，谜立即变得深不可测。把生活在这块土地上的人都汇集到我的桌子边来，没有一个能告诉我们这缕轻轻飘拂的，我能随意使之生、使之灭的火焰究竟是什么。而如果其中有人试图用一条所谓科学的定义来搪塞搪塞，那么，这条定义的每一个词都将大大增加未知的成分和在四面八方开启通向沉沉黑夜的始料未及的门扉。一点熟悉的光，它所有的要素都是我们创造的，它的源头、直接原因和结果全都盛在一只瓷盘里，如果说对这一点光的本质、命运和身世我们尚且一无所知，那又怎么可能透彻了解生命未被理解的内涵呢？须知这个生命的最简单的因素都与我们的智力相隔百万年，相距数十亿公里呢！

十一

　　人类自存在以来，在我们所思索的这个神秘问题的道路上不曾前进过一步。仿佛，我们就此向自己提出的问题，不管从哪个方面都已没有一个触及我们的智慧形成和活动的范围。在提出问题的器官和应作出答复的现实之间，也许并不存在任何可能的或可想象得到的关联。近几年来，最积极和最严谨的研究工作都不曾告诉我们任何东西。一些博学的、认真的通灵术协会，尤其在英国，收集了总数量可观的事实，旨在证实精神或神经的生命在肉体死亡后尚能延续一段时间。让我们姑且认为这些事实确凿无疑和科学地是成立的，那它们也只是把神秘的开端挪动了几行、几个小时。如果我心爱的人的幽灵，形象清晰而又显得那么有生机，致使我对它说话，如果它今晚，即在离开那具躺在距我万里之遥的躯壳时走进我的卧室，这在一个我们尚且一无所知的世界里无疑是够离奇的。然而，这充其量也只能说明灵魂，我们肉体中最精华的部分的不可把握的精、气、神能逸出肉体多存活一会儿。就像有时，油灯熄灭后，火焰能逸出灯芯在黑夜中漂浮一时。这种现象当然令人惊愕。然而，鉴于这种精神力量的本质，在生命的鼎盛时期它却并不经常随我们之意而产生，这个事实更应令我们惊讶。总之，它说明不了任何问题。这种幻影从来就没有一个显示出过有丝毫新生命的意识表现，有一种超尘世的生命，不同于它原来所在的那具肉体刚离开的那种生命的意识表现。相反，每个幽灵的精神生活，此时由于已摆脱了肉体而应是纯洁的精神生活仿佛十分地内心化，不同于当它还被肉体包裹着的时候。大多数幻影行动迟缓，好似梦游一般，机械地继续着最不值一提的习惯琐事。这一个找他落下在哪件家具上的帽子，那一个为一笔小小的欠款烦忧，或询问时间。所有的幻影不一会儿，即在真正的死后继续生存应该开始的时候，永远地烟消云散，不见了。我认为，这对于可能的死后继续存在并没有什么裨补，既不能证明其有，又不能证明其无。我们无从知道这些转瞬即逝的幽灵幻影是另一种存在最初的还是最后的微光。也许，死者这样做是在没有更佳选择的情况下，充分地使用和利用把他们与我们的感官相连接，使他们依然可为我们的感官感觉到的最后联系。这以后也许他们将继续生活在我们身边，但是竭尽全力也难做到让我们辨认出他们来，也难以使我们想到他们即在眼前，因为我们没有为感知他们所必需的器官，这就如同我们尽最大的努力也不可能给先天性盲人丝毫光线和颜色的概念一样。总而言之，这种被英国人称为"Borderland"①的新学科使问题依然原封不动地停留在它自人类有意识以来所在的地方。

十二

鉴于我们所处的不可逆转的无知状态，我们的想象力便有可能选择我们永生的命运。然而，在对各种各样的可能性进行的考察中，我们不得不承认，最美好的并不就是最不像真实的。一上来便毫无异议地需要排除的第一个假定，我们已经清楚，是完全消亡的假定。第二个假定受到我们盲目的本能的热烈欢迎，它允许我们在时间的无限中或多或少完整地保留我们的意识和目前的自我。我们同样研

---

① 阴阳界。——译者注

究了这个假定，比第一个稍为说得过去一些，实际上它仍是那么狭隘，那么天真幼稚，令人难以找到合理地把它确定在无限的空间和时间中的方法，不管是对人，还是对动植物。补充说明一下，在所有可能的命运中，这才是唯一真正可怕的，与它相比之下，完全的消亡更千倍地可取。

剩下的便是死后继续存在的双重假定，或没有意识，或带有扩大和变化了的意识的继续存在，这是我们今天拥有的意识绝不可能让我们想象出来的，甚至不如说是在妨碍我们进行设想的，正如我们不完善的眼睛妨碍我们设想处于从红外线到紫外线范围以外的另一种光线一样。然而，可以肯定的是这些很可能是神奇的光线，在最黑的黑夜里，从四面八方照耀，照得另一种构造不同于我们的瞳人眼花缭乱。

这个假定，尽管乍看上去是双重的，归根结底却只是单一的意识问题。例如那种对我们极有诱惑力的做法，把没有意识的死后存在说成等同于消亡，这样做是先验地、不加思索地了断这个意识的难题，我们感兴趣的问题中首要的和最晦涩的一个。

犹如各种玄学全都声称的那样，这是最难解决的难题，因为认识的客体本身即是想要认识的主体。这面始终面对着自己的镜子，若不是永无止境地和毫无意义地映照自己又能做什么呢？它没有能力走出自身的增多，然而，正是在这无力的映象中蕴藏着唯一可能照亮其他一切事物的光芒。怎么办？要摆脱意识别无他法，只有否认意识，视之为世俗智力的器质性疾患，须用看似剧烈的或自愿的疯狂行为进行治疗的疾患。而从我们表象的另一面来看，这种疯狂行为却很可能是一种健康的行为。

十三

然而，摆脱是不可能的，我们不可避免地会回来，踟蹰在以记忆为基点的意识周围，这种记忆其实是官能中最不可靠的。既然我们说什么都是不灭的，那么，在目前的生命之前我们肯定存在。然而，既然我们不能把以前的存在和现在的生命连接起来，这种肯定便同后世存在的所有肯定一样全都何足道哉，全都和我们风马牛不相及了。而这就是生前死后记忆的我的幽灵显现，所以，还是再考虑考虑，在它的数天活动里它的作为是否真的十分重要，仅仅借此是否足以解决不死的问题。即从我们享有的外形既专属，又如此特殊、如此欠缺、如此脆弱的短暂的自我这一点，便能断言说不存在任何别的意识方式和享受生命的方式吗？一大群先天性盲人，我们又回到非此不可的比喻上来了，因为它最能概括我们在三生世界的黑夜中的处境，一大群先天性盲人，唯一的一个亮点向他们揭示光明的喜悦，他们却不仅会矢口否认光明存在的可能性，甚至还会否认光明是可想象到的。对我们来说，我们活在人世上，在千种感官中不是几乎可以肯定缺少一种比我们的记忆意识更高级的感官，用来更充分、更可靠地享有我们的自我吗？难道我们还不能说，有时，我们会抓住这个处于萌芽状态的感官隐约的或淡淡的痕迹吗？这个萌芽状的或萎缩的，不管怎样是受尘世生活的机制压抑、几近被摧毁的感官，因为这种机制把我们生存的所有沿革全都集中在同一个敏感点上了。在有些混乱的时刻，即使我们那么冷酷、那么严谨地斤斤计较于个人得失，直至追溯到这种利己主义最遥远、最隐秘的源头，我们心中不是依然留存着某种决然无私的东西，品味着他人的幸福吗？艺术的没有目的的欢乐不也是可能存在的吗？欣赏一尊美丽的雕像，一座并不属我们所有、我们绝不会再见到、并不能激起我们丝毫的声色欲念、对我们一无用处的完美的纪念碑，我们不是同样能得到平静和充实的满足吗？这种满足会不会就是穿透我们的记忆意识的另一种意识的微光呢？如果说我们臆想不出这种不同的意识，那也不能以此为理由否认这种意识呀。我甚至觉得肯定这是一个姑且能够接受的动机显得更为明智。假如我们的感官不是全部一起地赋予我们，而是逐年逐年、逐个逐个地给予我们的，那么，我们这一辈子便会在不可能臆想到的东西中度过。再者，这些感官之一，只是在临近青春期才如梦初醒的生殖感官向我们表明，意外世界的发现，我们生命所有的轴的移动，取决于机体的一次意外。童年时代，我们根本就臆测不到会有整整一个使"大人们"不安的情感、酣醉和痛苦的世界。如果偶然地，有什么残缺不全的风声反响飘入我们无知而好奇的耳朵，我们也不会明白，如这般令我们的长者痴迷癫狂的是什么，我们还会下定决心，自己到时候一定要理智些，直至那一天，爱情突然降临，扰乱我们的喜怒哀乐和大多数观念的重心。可见，我们对感情或思想决定取舍的理由太微不足道，所以，我们无权怀疑自己想象不出的东西之存在的可能性。

十四

迄今还将长久地阻止我们享用天地间珍宝的是那种世代相传的忍受，就是这种忍受把我们禁锢在感官黯淡无光的蜗居里。我们的想象力，我们今天所驾驭的这种想象力太容易适应这种禁锢了。它实在是那些唯一地在喂养它的感官的奴隶。而它对自身的直觉和预感又培养得不够，后者会告诉它这种桎梏戴得冤枉，它应该寻找出路，即在它以为是最雄伟、最无止境的圈子那边。要紧的是它应越来越严肃地感到，现实世界起始于比它最不着边际、最大胆的遐想还远几十万万里的地方。它既不曾有过权利，也绝没有义务变得极其地狂妄。它在时空中能够建立和增殖的，它能够想象出来的一切，在现实存在看来尽是鸡毛蒜皮。在微末的日常生活中，科学最细小的启示都已教育它，即在这简陋的环境里它都难以与现实抗衡。它总在因隐藏于一块石头、一粒盐、一杯水、一棵草、一只昆虫中的出乎意料的一切而应接不暇、张皇失措和眼花缭乱。相信这一点就已经不错了，因为它把我们放上了某种精神状态，随时等待机会，打破使我们盲目的神奇圈子；因为它使我们相信，在这个圈子里绝无希望见到一丝最后的真谛，它们全都在很远很远的地方。为了保住比例感，人随时需要想一想，在他蓦地被放进宇宙现实中后，他其实跟一只蚂蚁差不多，跟一只只认得狭窄的小路、细微的孔洞和蚁穴周围极目所及之处，突然附着一根稻草漂流在大西洋上的蚂蚁差不多。即在我们走出阻止我们接触想象外现实的监狱之前，通过想象最不可想象的东西偶尔能获得真实片断的机会大大地多于竭力引导这种想象，在逻辑和当前的种种可能性筑成的大墙之间遐想永生。因此，每当出现新梦的时候，我们要努力除去蒙在我们眼睛上的尘世生活的蒙眼布。要知道，在宇宙尚且瞒着我们的诸多可能性中，最容易实现的、最可能达到的、最实在和最不会使我们感到困惑的肯定是一种享受存在的方式的可能性，它比目前的意识所奉献给我们的更高级、更广大、更完美、更持久和更可靠。这种可能性被接受了，虽然并不那么容易，我们不死的问题原则上也便解决了。现在，需要寻找的是把握和考虑不死的方式，并且，在与我们关系最密切的环境中，了解将进入我们的永恒和普遍的生活中的我们在智力上和精神上的获得部分。这绝不是今天的，也不是明天的工作，而是有朝一日的工作……

附　录

授奖词[①]

瑞典科学院常任秘书　C.D.维尔森

谭立德　译

今年，一些权威人士推荐了数位诺贝尔文学奖的候选人。在这些被提名的人选中，有几位表现出如此伟大、如此不同寻常的资质，实在难于权衡他们各自的长处。经过多次提名并慎重考虑，今天，瑞典科学院决定将此奖授予莫里斯·梅特林克，因为他具有深邃的独创性和非凡的才华，他的写作才能迥异于传统的文学形式，其理想主义的特征达到一种罕见的精神境界，不可思议地拨动我们隐秘而敏感的心弦。这个年龄不及五十的作家当然不是平庸之辈，作为作家，他独辟蹊径，运笔如神，因而，他能显得神秘、深刻，同时又深受大众喜爱。在阅读他的作品时，人们有时会想起索福克勒斯说的话："人只是一个虚无缥缈的影子。"或如卡尔德隆所说："人生如梦。"然而，梅特林克独具慧眼，他善于描绘我们精神生活中的细微差异。他像变魔术一般把我们平常处于潜伏状态，隐藏在我们内心深处的意念淋漓尽致地表露无遗。我们看到，尽管按照他所写的诗歌的敏锐性来看，他剧作中的情节和布景像中国皮影戏那样非常模糊，但一般来讲，他至少毫不矫揉造作，坚持不懈地以传统的细

---

① 梅特林克未出席授奖仪式。——译者注

附录　·　155　·

腻手法，准确无误地展现我们灵魂深处的特征和通常秘而不宣的东西。虽然他的剧作的剧情神奇而荒诞，对话却不失其锋芒。犹如随着不绝如缕的音乐声，诗人把我们带进我们内心世界中意想不到的地方。我们和歌德一起感受到："一切倏忽即逝的东西，只不过是一种比喻。"

我们曾预感到，我们真正的归宿是在非常遥远的地方，远远超过我们尘世经验的范畴。尽管梅特林克的诗向我们敞开了通向这难以接近的远方的空隙，然而，在他的作品里，我们却很少超越这种预感。

莫里斯·梅特林克 1862 年生于根特，家境似乎比较富裕。他在圣·巴尔勃耶稣会学校上学。他不大喜爱这学校，但可能正是这个传统的学校对他智力发展具有较深影响，把他引向神秘主义。学业结束时，他通过业士学位考试。梅特林克遵从父母的意愿，学习法律，并在根特开业当律师。但是，根据他的传记作家热拉尔·哈利的记载，他却明显地表现出他并不适宜律师的行业，因为他具有"令人高兴的缺点"，这种缺点使人绝对不适合在法庭上进行诉讼巧辩和公开的辩护。文学吸引了他，由于他在巴黎逗留了一段时间，这份吸引力便更为强烈，在那儿他结识了一些作家，据说，其中维里埃·德·李勒－亚当对他影响甚大。巴黎对于莫里斯·梅特林克那么富有魅力，因此，他于 1896 年便定居巴黎。然而，要在那儿安居乐业，这个大都会却不大适合他的喜爱思索、离群索居的性情。夏季，他宁可居住在圣·旺德里叶，这是诗人从可怕的毁坏文物者手中拯救的一所诺曼底修道院；冬天，他往往隐居在温暖宜人、鲜花盛开的格拉斯市，当然，他不时地去巴黎同出版商洽谈。

莫里斯·梅特林克的第一部作品是一本薄薄的诗集，名为《暖房》（1889）。这些诗流溢出超越人们预料的忧伤不安的情绪，因为他个性冷静而好思索。同年（1889年），他发表了一部幻想剧《玛莱娜公主》。这部戏阴沉而恐怖，由于运用了大量旨在形成一种持久性暗示的反复，因而显示出刻意追求的单调；然而，在这出短剧中，的确仍然弥漫着一种梦幻般神奇的魅力，它是以人们对《暖房》作者无可怀疑的刚强有力的笔触写成的，不管怎样，这是一部重要的艺术创作。奥克塔夫·米拉博在《费加罗报》撰文热情赞扬《玛莱娜公主》。从那一天起，莫里斯·梅特林克便不再是无名之辈。嗣后，梅特林克创作了一系列剧作，大部分发生在我们无法确定的年代，而且发生在任何一张地图上也找不到的地点。布景通常是一座带有地下隧道的神秘莫测的城堡，绿荫如盖的花园和航海线上遥远的灯塔。在这些凄风愁雨的地方，最经常活动着的则是如观念本身那样朦胧不清的人物。因为，在他几部最佳的幻想作品中，M.梅特林克表现为一位象征主义者、不可知论者。尽管如此，还是不应该以此推断他是个唯物主义者。他以诗人的本能和想象力，预感到人并不仅仅属于感性世界，他明确表示，如果诗歌不能使我们感觉到更为深刻而隐秘的真实的反映，那么就不足以成其为诗歌，这种真实乃是产生各种现象的源泉。有时，他影影绰绰地觉得这真实的深处涌动着一股神秘的力量，人类很容易成为这股力量的牺牲品，他认为，这股力量具有一种摧毁我们自由的致命的至高无上的能量。但是，在他的好几部剧作中，这种想法又有所缓和，他更多地表现了希望，而且在描绘真实时，神秘主义的影响也较单薄。在他的最佳作品中，他的想法的要点总是非常突出，即应该在思考和推理之外，探求人类真正精神上隐秘而深刻的生活，这种生活正是体现于最自发的行为；梅特林克善于以丰富的想象力和几乎像梦游者一般的幻想精神来表现这些行为，但是，他又是以一个完美的艺术家的精确来予以表达的；同时，他文笔优美；技巧上虽然尽可能地简洁，但丝毫无损于剧本蕴含的机智。

明显的自然神论对他的剧作产生了有利的影响，使他的剧作有别于中国皮影戏；不过，它并不因此而削弱和贬抑他的天才的创作。如同斯宾诺莎和黑格尔，他们并不是自然神论者，但依然是伟大的思想家那样，梅特林克对事物及生活的观念虽然并不像是个自然神论者，但他依然是一位伟大的诗人。实际上，他不否认任何事物：他只是在发掘隐藏在黑暗中的生存原则。既然任何合情合理的理由都无法提出生存起源的确切概念，不可知论不就达到某种可以谅解的程度了吗？它在许多方面都仅仅接近于预感和信仰。如果说莫里斯·梅特林克笔下的人物有时如梦中人，但仍然是有血有肉、富有人性的，因为莎士比亚说得一点不错：

> 我们是这样的素质，
> 犹如由梦幻做成，而短暂的人生
> 则以安眠终结。

梅特林克根本不是论战者；在他几乎所有的作品里，我们都能感受到一颗温柔有时又是忧郁的灵魂，这使他在诗学美的方面胜过那些世界观也许更个性化的作家。莫里斯·梅特林克显然是一个思想深沉、感情细腻的人。应该崇尚他那渴求真理的精神，应该注意到，对他来说，在一个众多事物仿佛都在纵容非正义行为的世界里，存在一条内在的规律和法则，它总是在支配和驾驭着人类。如果说，历经内心活动发展各个阶段的莫里斯·梅特林克有时谈到"万有引力"，即统治世界的力量，并且，似乎要用万有引力来代替宗教，那么，可以说，人们也不大可能错以为在这位象征主义者的作品中，把"万有引力"理解为一切均予以服从的宗教－伦理这一重要规律的象征主义的表现。

时间不允许我一一列举梅特林克的作品，然而，我觉得有必要在这庄严的时刻，简短地追述一下其中最有特色的作品。

神秘而冷酷的死亡力量，很少能像梅特林克的短剧《不速之客》（1890）那样表达得如此强烈。在所有围绕着病危的母亲并希望她康复的人当中，只有年迈、失明的祖父觉察到花园中悄没声息的可疑的脚步声，花园里，柏树叶簌簌颤动，夜莺缄口哑然，老祖父觉得一丝冷风吹过，听到磨刀霍霍的声响，他知道有一个众人肉眼无法见到的人走了进来，坐在这一圈子里。午夜一到，只听一阵声响，仿佛有人突然站了起来，离座而去。就在这时，病人一命呜呼。那位不速之客便消失了。作者以何等的魄力，运用了何等细微的手法，让我们观看了死亡的预兆啊！短剧《盲人》（1890）也许更加忧郁，更为深沉，一种相似的不幸的预感笼罩着全剧。盲人们跟随着他们的向导，一名患病的老教士；待到走入密林中时，他们以为老教士走失了。其实，他就在他们中间，但已气绝身亡。他们渐渐地明白了他已死去这一概念。那么，他们将如何重新获得保护呢?

在《佩莱阿斯和梅丽桑德》（1892）和《阿拉丁和帕洛密德》（1894）中，梅特林克以奇特的想象力描绘了以不同形态出现的爱情的致命力量，这种爱情受到其他情感关系或外界环境的束缚，不可能而且注定不会获得圆满幸福的结局，反而被宿命的力量摧毁，而人类的力量在抵抗命运时消失殆尽。

梅特林克最富才华的剧作当推《阿格拉凡和赛莉塞特》（1896），它是世界文学中最令人赏心悦目的作品之一。这部剧作气氛极其忧郁，但是蕴含着丰富的诗意。梅朗德娶了温柔腼腆的赛莉塞特为妻，却又与贵妇人阿格拉凡双双坠入爱河。这是一种超凡脱俗的纯洁之爱。但是，赛莉塞特却因不能独占梅朗德的心而黯然神伤。这个温柔多情、忘我无私的女子，决定为了自己的丈夫和阿格拉凡的幸福而牺牲自己；她终于要实施这样一个计划：她倚身斜靠在一座古老城堡的雉堞外，以使一堵破墙倒塌，然而赛莉塞特并未如她所设想的那样坠入海中，而是跌落在沙滩。她受了伤，被抬回家中，此时，她依然要奉献自己，竭力使梅朗德和阿格拉凡相信，她从塔上跌落下来是偶然的事故，希望能排除他们俩的内疚。这出戏蕴含着大量刻画细腻的情绪，所有的人物都是高尚而仁慈的。阿格拉凡和梅朗德一样，感到以别人的痛苦来换取幸福是短暂的、空幻的，如果他们依然感到彼此难以抑制地互相吸引，他们决不会屈从于低级的情欲需求，而是服从于一种超俗的精神上的强烈感情。他们与命运抗争，然而，斗争如此艰巨，他们预感到他们之间兄弟般的友爱将不可能维持长久，一切都将导致他们完全的结合，而这则是他们所要摆脱的罪恶。阿格拉凡道出了一段精彩绝伦的话："如果必须有人受苦，那就由我们来承担吧。责任何止有千种万样，但我确信，我们很少会弄错，我们首先要尽力解脱弱者的痛苦，把痛苦转移到自己身上。"是的，这部剧作散发出一种魅力，使它得以跻身本世纪最优美的诗作之列。

梅特林克的名著《阿格拉凡和赛莉塞特》发表于 1896 年。1902年，作者又发表了剧本《莫娜·瓦娜》，此剧曾在瑞典上演，并闻名遐迩。剧情以意大利文艺复兴为历史背景而展开；结构清晰，完全摆脱了这种通常构成梅特林克艺术特色的朦胧手法。人们对故事所表述的有关责任的戏剧观念争论颇多，众说纷纭；这出戏确实处理大胆，并且表现出浓厚的心理学趣味。不过梅特林克也许在精巧的象征主义短剧中更能显示出他的本色，这些剧作并没有强烈刺眼的光线，但却展示了人类心灵深处预感的美好前景。

莫里斯·梅特林克具有多方面的才华，他撰写了一些即使不算是抽象哲学，但也是涉及哲学的作品。例如《卑微者的财富》（1896），对其他问题所进行的探究，包容了一些有关神秘主义者罗斯博洛克[①]和内心生活的颇具灵感的文字；而在有关高深诗歌的话语中，梅特林克的理想主义获得了成功的表达，他认为，诗歌的目的就是保持从可见的世界通向不可见世界的道路畅行无阻。在这部集子中，好几处出现了在表述过程中强调过的思想；在我们看得见的

[①]　罗斯博洛克（1293—1381），比利时布拉邦特省的神学家、神秘主义者。——译者注

"自我"背后，有另一个我，即我们真正的存在。这一想法对经验论者来说可能显得神秘莫测，实际上，它与康德的知性学说一样合情合理，是经验论特性的根源。在《被埋葬的寺院》（1902）中，我们遇到了一种有关不可见人格的概念，这种人格则是可见的世俗个性的根本。此外，如果人们指责梅特林克是宿命论者，那么，应该记得他的另一部书《明智和命运》（1898），这部书传达出乐观主义的气息，阐述了人的命运是掌握在自己手中，它取决于人类如何运用意志。历史上伟大人物的不幸和失败都是由他们本身的缺陷所酿成，或者由于他们的错误甚至不道德行为而导致自信的丧失，从而丧失力挽狂澜的战斗力。

1901年，《蜜蜂的生活》问世。此书引起极大轰动。莫里斯·梅特林克自己就是位怀有浓厚兴趣的养蜂者，但是，尽管他对蜜蜂的生活了如指掌，在写此书时，他并不打算撰写一部严格意义上的科学著作。这并不是一份自然史纲要，而是一部趣味盎然的作品，书中蕴含的丰富的思想几乎可以说是揭示了某种无能为力的行为，作者似乎要说明，探索蜜蜂之间如此有趣的合作、分工和社会生活是否属于理性思考的行为，那是徒劳无益的。人们为此使用本能或者智慧这类字眼，那也仅仅表明了我们的无知。人们称作蜜蜂的本能的东西，也许是属于宇宙性的，是全人类的灵魂的显露。人们不禁把它与维吉尔的话进行比较。维吉尔在描绘蜜蜂的不朽文字中说，一位思想家曾把它们归属于神的智慧的一部分，即神的智力，神的思想。

梅特林克的另一部作品《花的智慧》（1907）以其大胆描绘仿佛

富有睿智和心计的植物而引人入胜。

梅特林克以永不枯竭的创造力，于 1903 年写出戏剧《乔珊儿》，这出戏因神奇而动人心弦。它通过艰苦的考验和凄凉、曲折的情节来展示忠贞的爱情的胜利；《玛丽·玛格德莱娜》（1909）则表现了一个悔吝百端的有罪女子的精神衍变，阐述了她那超越她天性中最高贵的东西的意愿的胜利，这一意愿促使她牺牲自己，牺牲了弥赛亚在她身上创造的新的道德生活，来拯救弥赛亚，也就是说，牺牲了弥赛亚的根本事业。最后，让我们来看看幻梦剧《青鸟》（1908），这是一出寓意深刻的幻梦剧，闪耀着童年时代的诗意的光芒，甚至不妨说，这出戏似乎蕴含了过多的寓意，以致缺乏些许天然的品性。唉！幸福的青鸟只存在于这即将灭亡的世界边缘之外，然而具有纯洁心灵的人则不会徒劳地追寻它，因为他们的情感生活和想象力在漫游梦幻的国土时变得更加丰富，更加纯净。

现在，我们又回到本文开端的地方，梦幻之地。如果我们认为，对于梅特林克来说，时空中的现实，即使不是想象力的产物，也总是披着一层梦幻织成的薄纱，这样的说法也许并没有什么错。在这层薄纱下，隐藏着存在的真实性，有朝一日薄纱揭起时，事物的本质就会暴露无遗。

我试图根据这位诗人的创作来阐明他的人生观，这种人生观是美好而高尚的，关于这一点当不会有什么疑问；在梅特林克作品里，这一人生观甚至是以意想不到的、奇特的、诗的形式表现出来的，有时显得离奇古怪，但始终充溢着情感和活力。

莫里斯·梅特林克是那些钟情于诗歌的人中的一位。趣味爱好因人而异，但《阿格拉凡和赛莉塞特》的魅力将历久弥新。今天，瑞典，这块流传英雄传奇和大众歌曲的国土，谨把这份世界性的文学奖，授予这位诗人，他使我们感受到了人类内心怀有的神秘旋律的颤动。

梅特林克年表

谭立德　编写

1862 年 8 月 29 日　　出生于比利时根特市。

1874 年　　进耶稣会办的圣·巴尔勃中学学习。

1881 年　　开始学习法律，并在《年轻的比利时》上发表诗作。

1885 年　　获法学博士文凭；在爱德蒙·比卡尔律师所实习。

1886 年　　去巴黎学习法律，并加入律师协会。

1889 年　　诗集《暖房》出版。剧本《玛莱娜公主》问世，次年法国作家奥克塔夫·米拉博在《费加罗报》上撰文赞扬。

1890 年　　发表剧本《不速之客》和《盲人》。

1891 年　　翻译出版了用弗来芒语写作的神学家罗斯博洛克（1293—1381）的作品《精神婚姻的荣誉》。剧本《七公主》问世。

1892 年　　发表剧本《佩莱阿斯和梅丽桑德》。

1894 年　　剧本《阿拉丁和帕洛密德》、短剧《室内》、剧本《丹达吉勒之死》先后问世。

1895 年　　与法国女演员乔若特·勒勃朗结合。翻译并出版德国诗人诺瓦利斯的论文《萨依斯的信徒》和其他片断。

1896 年　　发表抒情诗集《十二首歌》（于 1900 年改为《十五首

歌》）。剧本《阿格拉凡和赛莉塞特》、散文集《卑微者的财富》问世。迁居法国，先后在巴黎、诺曼底、尼斯等地区居住，直到 1939 年。

1898 年　发表散文集《明智和命运》。

1901 年　散文集《蜜蜂的生活》、剧本《阿丽亚娜和兰胡子》《贝阿特丽丝嬷嬷》问世。

1902 年　发表剧本《莫娜·瓦娜》、散文集《被埋葬的寺院》。

1903 年　剧本《乔珊儿》问世。

1904 年　发表散文集《双重花园》。

1907 年　散文集《花的智慧》面世。

1908 年　发表剧本《青鸟》。

1911 年　获诺贝尔文学奖。

1913 年　发表长篇散文《死亡》。

1917 年　发表剧本《斯蒂蒙德市长》和《生活的盐》。

1918 年 12 月　与乔若特·勒勃朗离异。

1919 年　娶女演员勒内·达翁为妻，发表剧本《圣安东尼显灵记》和散文集《山间小径》。

1921 年　发表散文集《大秘密》。

1926 年　散文集《白蚁的生活》出版。

1928 年　发表散文集《空间生活》

1929 年　散文集《大魔法》问世。

1930 年　发表散文集《蚂蚁的生活》

1932 年　被比利时国王封为伯爵。发表长篇散文《玻璃蜘蛛》。

1933 年　散文集《伟大的法律》面世。

1934 年　散文集《在沉寂之前》问世。

1936 年　发表散文集《沙漏》。

1937 年　发表散文集《面对上帝》。

1939 年　散文集《大门》问世。因第二次世界大战爆发而逃亡
　　　　美国。

1947 年　返回法国。

1949 年 5 月 6 日　在法国尼斯逝世。

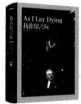
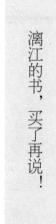

诺贝尔文学奖作家文集 ⊙ 加缪卷·泰戈尔卷

漓江的书，买了再说！

鼠疫
[法] 阿尔贝·加缪 / 著
李玉民 / 译
定价：48.00元

局外人
[法] 阿尔贝·加缪 / 著
李玉民 / 译
定价：45.00元

第一人
[法] 阿尔贝·加缪 / 著
李玉民 / 译
定价：48.00元

卡利古拉
[法] 阿尔贝·加缪 / 著
李玉民 / 译
定价：50.00元

西绪福斯神话——论荒诞
[法] 阿尔贝·加缪 / 著
李玉民 / 译
定价：35.00元

戈拉
[印] 泰戈尔 / 著
唐仁虎 / 译
定价：65.00元

纠缠
[印] 泰戈尔 / 著
倪培耕 / 译
定价：48.00元

沉船
[印] 泰戈尔 / 著
杉仁 / 译
定价：53.00元

泡影
——泰戈尔短篇小说选
[印] 泰戈尔 / 著
倪培耕 / 译
定价：58.00元

枉然的柔情
［法］苏利·普吕多姆／著
胡小跃／译
定价：50.00元

邪恶之路
［意］格拉齐娅·黛莱达／著
黄文捷／译
定价：50.00元

常青藤
［意］格拉齐娅·黛莱达／著
沈萼梅／译
定价：56.00元

风中芦苇
［意］格拉齐娅·黛莱达／著
蔡蓉　吕同六／译

柔情
［智］加布列拉·米斯特拉尔／著
赵振江／译
定价：50.00元

爱情书简
［智］加布列拉·米斯特拉尔／著
段若川／译
定价：30.00元

漓江的书，买了再说！

诺贝尔文学奖作家文集⊙普吕多姆卷·黛莱达卷·米斯特拉尔卷

诺贝尔文学奖作家文集 ⊙ 纪德卷·丘吉尔卷

漓江的书，买了再说！

背德者·窄门

〔法〕纪德 / 著

李玉民 / 译

定价：46.00元

伊恩·汉密尔顿行军记

〔英〕温斯顿·丘吉尔 / 著

刘勇军 / 译

定价：48.00元

河战

〔英〕温斯顿·丘吉尔 / 著

王冬冬 / 译

定价：60.00元

从伦敦，经比勒陀利亚，到莱迪史密斯

〔英〕温斯顿·丘吉尔 / 著

张明林 / 译

定价：50.00元

我的非洲之旅

〔英〕温斯顿·丘吉尔 / 著

张明林 / 译

定价：42.00元

诺贝尔文学奖作家文集 ⊙ 叶芝卷·显克维奇卷

漓江的书，买了再说！

第二次来临
〔爱尔兰〕W.B.叶芝 / 著
裴小龙 / 译
定价：68.00元

第三个女人
〔波兰〕亨利克·显克维奇 / 著
林洪亮 / 译
定价：88.00元

即将上市

中非历险记
〔波兰〕亨利克·显克维奇 / 著
林洪亮 / 译